不思議國度的
打工偵探
不思議の国のアルバイト探偵
大澤在昌

目錄

重現江湖的男人

不思議國度的打工偵探

1

即使不是春天，眼皮卻有千斤重，整顆頭好像被強力膠黏在枕頭上，抬都抬不起來。

好不容易撐開眼皮，視野卻一片模糊。

好睏，這樣下去就算再睡上一、兩百年都沒問題。

我很清楚，這個緊要關頭不能再蹺課，因為我的出席天數快拉警報了。如果繼續曠課，就拿不到畢業證書。到時候，即使有國家公權力撐腰，也擠不進東大的窄門啦！

這就不妙了，我冒了無數危險——與殺手為敵、與游擊隊打交道，還搞定了鱷魚——即將到手的銀杏校徽學生證可能會離我遠去。

身為跑單幫客的兒子，克服了重重困難，即將成為人生勝利者的冴木隆，卻面臨了人生藍圖出現裂痕的困境。

拚了！無論如何都要清醒，趕快起床洗把臉，到「麻呂宇」吃免費早餐，搭地鐵前往都立K高中。

因為人生始於起床，成功始於腳踏實地的努力。

就算這麼躺下去，也不會有人叫我起床。我昨天凌晨一點上床之前，老爸還沒回來。這個時間，他八成還在外面鬼混，即使回來了，也一定鼾聲如雷。如果指望他，我離勝利者的康莊大道將會越來越遠。

起來，趕快起來！

我全神貫注地坐了起來，溫暖的陽光從窗戶照進來。

誰說秋夜漫長無際？

對於一個正在發育的高中生來說，夜晚永遠不夠長。

我終於坐了起來，用力伸了個懶腰。

保護美央公主，隨著叢林大戰落幕的萊依爾王室風波結束至今已經一個月。

離聯考只剩不到半年的時間了。在那場風波中，我為老爸的委託人——國家公權力兩肋插刀，**東大推甄入學**幾乎十拿九穩了，沒想到班導昨天向我下了最後通牒。

「冴木隆，你想三年內念完高中嗎？」

「我實在愛死這裡了，但凡事要懂得見好就收，所以，我也無意戀棧……」

「我很欣賞你的愛校精神。在三月結業式之前，你不可以再曠課、遲到，否則，愉快的第四年就會向你招手。」

「哇！」

我從回憶中清醒，瞄了一眼枕邊的鬧鐘。

「呃！」

時針無情地指向七點四十分。慘了，再不出門就要遲到了。

我跳下床，雙腳同時塞進褲管。穿長褲時不是兩隻腳輪流塞進褲管，而是雙腳同時穿進去，這是阿隆我為數眾多的特技之一。

我把飛行夾克挾在腋下，離開房間，衝進客廳兼辦公室。

太陽打西邊出來了。老爸居然一大早就一臉凝重地坐在桌旁抽菸。

一定是昨天打麻將輸慘了，整晚睡不好。

「既然醒了，為什麼不叫我？」

我忍不住嗆他。還不是因為他之前找我做東做西，我才會曠課時數破表。

「在叢林裡轉迷糊了，連鬧鐘都不會用了嗎？」

「聽你在那裡鬼扯，根本是兩碼子事。」

老爸還是一如往常，身著棉質舊長褲、連帽上衣，滿臉鬍碴。

「怎麼突然變得這麼好學？難道學校裡來了穿緊身裙的女老師？」

「拜託，別把我和你相提並論。我快畢不了業了。」

老爸面前擺著Wild Turkey的長頸瓶和威士忌酒杯，菸灰缸裡滿是菸蒂。他可能輸得一肚子火，所以睡不著覺吧。

老爸拿起酒杯，我從一旁搶了過來。還沒吃早餐，需要一點酒醒腦。

「喂，未成年一大早就喝波本酒好嗎？」

「總比成天不工作的中年人一大早喝波本酒好吧。」

「看樣子，你這陣子沒辦法打工了。」

「沒辦法沒辦法，總要唱完畢業歌以後才能做吧，掰！」

我撂下這句話，便打開了玄關門。門上有幾個字，與我家窗外霓虹燈招牌上的手寫字「SAIKI INVESTIGATION」一樣。

也就是私家偵探。

我連我媽的長相都沒看過，從小和不良老爸冴木涼介相依為命。據說他當過「商社職員」、「石油商人」、「自由撰稿人」，還做過「跑單幫」這種莫名其妙的生意，最後甚至成了「諜報員」。

我完全搞不懂諜報員是什麼東西，不過，我想應該是有人相中他跑江湖磨練出來的語言能力和厚臉皮，以及在海外黑道也吃得開的人脈吧。

總之，後來他在廣尾聖特雷沙公寓開了一間偵探事務所。

多虧房東兼一樓咖啡店「麻呂宇」的媽媽桑圭子對老爸情義相挺，以及目前仍在線上的內閣調查室副室長島津先生不時介紹工作給他，冴木家才免於流落街頭的命運。

我努力當一個平凡高中生，卻無法過平凡的高中生活，一切都要怪這個缺乏工作意願的頹廢老爸。

雖說世界之大，無奇不有，但恐怕全世界找不到第二個老爸會叫兒子揹炸彈、偽裝成性變態，或是把兒子當作引蛇出洞的誘餌。這些都是我為了家業，也就是身為打工偵探的業務範圍。

不止這些。

我還差點被霰彈槍轟掉腦袋，也中過毒箭，從汽油用盡的直升機掉進滿是鱷魚的沼澤裡。

至於被槍抵著頭的次數，已經多得數不清了。

即使經歷這麼多危險，為什麼我依然沒有誤入歧途？

當然是因為我誠懇真摯的人生觀發揮了驚人的效果。

但是……

老師居然只因為我出席率太低這麼微不足道的理由，就想把我從人生的階梯推下去。

不過，生性溫和的阿隆並未懷恨在心，更沒有詛咒老師不得好死，依然在尖峰時段默默地擠上地鐵去上課。

放學後，我分別向準備去補習班、衝刺班的「螞蟻組」，以及正要去咖啡店、電玩中心、麻將館的「蟋蟀組」道別後，搭上了地鐵。

回到廣尾聖特雷沙公寓，在「麻呂宇」品嚐酒保星野吸血鬼伯爵親手製作的肉派和維也納咖啡。

星野吸血鬼伯爵具有白俄羅斯血統，之前附近女子大學的電影社邀請他在某部恐怖片裡擔任主角，那部電影將在學園祭時放映。

他扮演的角色當然是「登陸日本的吸血鬼」，令人遺憾的是，星野先生並沒有點頭。

「阿隆，你是不是也覺得很可惜？如果演得好，搞不好真的可以登上大銀幕。」

媽媽桑圭子忙著塗指甲油，嘴巴卻沒閒著。如果說她和我老爸有什麼交集，那就是在他們身上完全找不到一絲適齡的「生活感」。

話說回來，一個是唇紅齒白的富豪遺孀，一個是沒有任何家產的不良中年，兩人的家世背景天差地別。

媽媽桑圭子可能是基於母性，也有可能只是單純喜歡鬍子男，或喜歡冷硬派推理的程度不惜讓店名也沾上那種氣味。總之，她似乎對老爸有一種難以形容的欣賞。

託她的福，我們父子倆得以在如今已成為高級精華地段的廣尾有一個容身之處，房租更是享受「有錢就付，絕無催討」的超優惠方案。

「星野先生，你應該去試一下，雖然不知能不能因此踏入電影界，但一定能夠吸引更多女大生。」

我從書包拿出七星淡菸，一邊點火，一邊說道。

星野先生緩緩地搖頭。

「不，不必了。我要忙店裡的事，但如果媽媽桑要我藉此機會替本店宣傳，那又另當別論了……」

「哎喲，這種事，」圭子媽媽桑吹了吹塗過指甲油的指甲，「我並不想招攬更多生意，現在這樣就夠了。就算再宣傳也多不了幾個客人。」

「那就恕我拒絕。」

「也好啦，如果店裡的生意更忙，我就沒時間買衣服了。」

據說她家的三房一廳有一半放滿了她的衣服，這傳聞似乎不是空穴來風。

目前，店裡除了我以外，只有一對情侶。

「涼介呢？」

「不知道。還在睡吧，今天早上有點悶悶不樂。」

「身體不舒服嗎？」

「更年期吧。」

「你在胡說什麼，涼介還很年輕。」

這時，「麻呂宇」大門上的鈴鐺響了。

「歡迎光臨！」

聽到星野先生的招呼聲，我回頭一看，一名身穿銀灰色西裝的高個男正走向吧檯。他戴著淺色墨鏡，頭髮往後梳，身高將近一百九十公分，並非只是體形高大，胸膛也很厚實。雖然比大力士略遜一籌，但顯然有練過，渾身找不到一絲贅肉。

而且，他是相貌出眾的美男子，圭子媽媽桑一看到他，忍不住睜大了眼。

此人渾身散發出一種中年男人的成熟味道，一看就知道他是有錢的知識分子。他的輪廓很深，端正的五官乍看之下不像日本人。

總之，這種型男不要說在傍晚的廣尾看不到，就連電視上也很少見。

男人以酷帥又不做作的優雅舉止，在我旁邊隔了一個座位坐下。

「可以坐這裡嗎？」

他的嗓音低沉。

「喔，可以，請坐……」

目瞪口呆的媽媽桑如夢初醒般，慌忙遞上水杯。

「請問喝點什麼？」

男人緩緩轉頭看向我。我面前裝肉派的盤子已經空了，杯裡還剩下半杯維也納咖啡。

「跟阿隆一樣。」男人說道。

媽媽桑和我都大驚失色地看著對方，只有星野先生泰然自若。

「阿隆，是你朋友嗎？」

「不，沒見過耶。」

男人朝我露出微笑。他的微笑足以匹敵阿隆百萬級的笑容，媽媽桑發出陶醉的歎息聲就是最佳證明。

「你應該不記得了，我上次見到你時，你還在吃奶嘴。」

媽媽桑放聲笑了起來。我有點受傷，瞪著對方。

「你是我老爸的朋友嗎？」

人不可貌相，如果他真是老爸的友人，這傢伙也不是做什麼正當生意的。

男人依然露出酷帥的笑容。

「說朋友也沒什麼不對，我們的確對彼此瞭若指掌。」

我聽不太懂。

「找我老爸有事嗎？」

「我的確要找冴木，不過現在不見他也沒關係。因為剛好看到你在這裡，所以想跟你聊幾句。」

他越說越莫名其妙了。既然是老爸的舊識，就算現在拿出雷管炸藥點火，也沒什麼好驚訝的。

我聳聳肩。男人緩緩地把手伸進外套內側。

他拿出來的不是雷管炸藥，而是和雷管差不多粗的雪茄。

男人拿著雪茄，看向圭子媽媽桑。

「不好意思……，可以抽嗎？」

「啊？喔，當然可以，請隨意。」

男人微微偏了偏頭代替道謝，從外套口袋裡拿出一個金色雪茄剪，剪下雪茄頭，然後以閃閃發亮的都彭打火機點燃。現在，恐怕只有在新宿的牛郎店才看得到這種打火機。

一股香氣飄來，氣味高雅，也不會太濃郁。

「請用。」

星野先生把一杯維也納咖啡放在男人面前。

男人喝了一口，點了點頭。

「嗯，滿不錯的咖啡豆。」

「謝謝！」

媽媽桑臉頰泛紅地答道，男人對她笑了笑，然後看向我。

「阿隆，現在幾年級了？」

「高三。」

「那應該很忙嘍？」

「嗯……，見仁見智啦。」

我只能這麼回答。

男人猛地探身向前，墨鏡後方的那雙眼睛注視著我。

難道他也像不少美男子一樣，是個雙性戀!?

「你出過國嗎？」

「去過幾次。」

「最近呢？」

「去了一趟東南亞的萊依爾。」

「喔……」

男人噴吐了一口煙。

「好玩嗎？」

「見仁見智嘍。」

我還是只能這麼回答。

「有沒有遇到危險？」

「遇過幾次。」

「沒有因此討厭出國嗎？」

我再度聳聳肩。

「如果真有危險，不管我討不討厭，都會找上門。如果可以掉頭就走，那就不算是真正的危險。」

男人點頭笑了起來。

「你說的對，但你還是平安回來了，也就是說，你克服了這些險境。」

「我只是運氣好。」

「好運往往屬於優秀的人。」

男人語重心長地說道。

「也是有人只有運氣。」

我對著天花板說，男人則搖搖頭。

「不，冴木能力強，真的很強。正因為這樣……」

他注視著我。

「怎麼了？」

「不……，沒事。謝謝你，很高興跟你聊天。」

男人伸出右手，我發現他手上戴了一只藍寶石戒指。

他握著我的手站了起來，看著圭子媽媽桑。

「謝謝！這麼好喝的維也納咖啡，感激不盡。」

「不不不，別客氣。呃，要不要在這裡等涼介——不，冴木先生……」

「我，我和他不適合在有美女的地方重逢。」

男人脫口說出這麼一句讓人起雞皮疙瘩的話，然後恭敬地握了握圭子媽媽桑的玉手。

「怎麼辦……」

媽媽桑快暈厥了。

男人從懷裡掏出一只薄薄的皮夾，把一張嶄新得可以當紙刀的萬圓大鈔放在吧檯角落。

「不用找了，請冴木喝杯好喝的咖啡吧……」

「請涼介……？」

「要不要告訴他是哪一位請客？」

我問道。

男人微笑，緩緩地搖頭。

「在我和冴木打滾的世界裡，名字根本毫無意義。」

語畢，他便轉身離開了。我和媽媽桑互看了一眼，遲疑了一秒，我立刻追了上去。

當我推開「麻呂宇」的玻璃門時，那男人剛好上了停在門口那輛車的後座。

一身制服的司機為他關上車門，俐落地坐上駕駛座。

我忍不住張大了嘴。

那是勞斯萊斯的「幻影」（註）。

2

兩小時後，老爸才出現在「麻呂宇」。

他不是從樓上下來，而是從外頭進來的，可見他不是在家睡覺。

他的穿著也和早上不一樣，不知何時換了外套。

「涼介！」「老爸！」

我和媽媽桑異口同聲地叫了起來，老爸一臉訝異。

「怎麼了？難道有急性子的委託人上門嗎？我看店裡並沒有被破壞……」

「好帥——」

我還來不及開口，媽媽桑說道。她扭動身軀，臉上仍泛著紅暈。

「我嗎？這件外套真有這麼好看嗎？」

註：Rolls-Royce Phantom是由英國勞斯萊斯於二〇〇三年量產的高級自排轎車，其底盤、車身、內裝全部是獨家特製並帶有濃厚傳承風格。

老爸納悶地看著我。

「才不是咧！傍晚有個你的舊識來找你。」

「舊識？叫什麼名字？」

老爸有點驚訝，在我身邊坐了下來。也沒打聲招呼，就擅自拿了一根我的七星淡菸。

「他沒說名字，還說報姓名沒有意義。」

「真做作啊！」

「不是普通的做作，而是超級做作，還抽那麼粗的雪茄……」

「應該是古巴的La Corona。」

星野先生靜靜地補充道。

老爸瞇起眼睛。

「很高大的帥哥嗎？」

「對，和某人不一樣，是個很酷的中年人。」

「跟勞勃．狄尼洛有點像。」

媽媽桑陶醉地說道。

「說話拐彎抹角，一身貴族**裝扮**嗎？」

「嗯。」

我點點頭，老爸把抽到一半的菸折成兩半。

「媽的……」

「怎麼了？」

媽媽桑猛然驚醒般問道。

「果然還活著。」

「老朋友嗎？」我問道。

「對，我昨天聽到他的消息，還以為有人亂放話。不，是我決定這麼想，沒想到原來真有其事。」

「怎麼回事？」

老爸目不轉睛地看著我。

「對方說什麼？」

「沒說什麼，只說不急著跟你見面，還問了我很多事。」

「問你什麼？」

老爸突然激動了起來。

「問我有沒有去過國外，有沒有遇過危險。」

「你怎麼回答？」

「就隨口說說，出了幾次國，也遇過危險，但運氣還不錯。」

「結果呢？」

「就這樣，他很做作地說，好運屬於優秀的人，還拿出一張萬圓大鈔，說找零請你喝咖啡……。還有，他坐的是有司機的勞斯萊斯，還有……」

老爸用力抿嘴，凝望半空中，用力呼吸，似乎正在拚命克制。

「怎麼了？怎麼一副好像遇上殺父仇人的表情。」

「……他是仇人。」

老爸幽幽地吐出這句話。

「誰的仇人？」

「跟你說也沒用。不過，你要小心這傢伙，他比誰都危險。以後即使遇到他，也不要跟他打交道。」

老爸從牙縫裡擠出這句話。

「會不會太誇張了？」

「一點都不誇張！對他來說，你這種小鬼是絕佳材料。」

「他對美少年有興趣嗎？」

「你喔……」

老爸忍不住露出苦笑。

「別想歪了，總之，一方面因為你的出席天數有問題，我勸你忘了那傢伙，忘了關於他的一切。」

我無可奈何地點點頭。既然向來漫不經心的老爸這麼說，可見得那個做作的中年人和老爸從前可能有過節。

「對了，他還說，跟你重逢時，不適合有像媽媽桑這樣的美女在場。」

「沒錯。」

老爸只對我這句話點頭表示同意。

「他說的沒錯，這裡的確不適合跟他重逢。如果再見到他，不管是什麼地方……」

老爸的聲音變得更低沉。

「……都會變成地獄。」

在「麻呂宇」吃過晚餐後，我先回到樓上。老爸仍然一臉愁容地喝著啤酒。

之前，我們曾經多次因為老爸的舊識捲入是非。

一個是東南亞毒梟之子，為了報殺父之仇，追到日本，想取老爸的性命。

另一個是日本人，雖然不知道本名叫什麼，但對方自稱叫藤堂，是老爸跑單幫時期的伙伴。雙方恢復自由之身後，在多起案子中發生利害衝突，最後在決鬥時，成為老爸的槍下亡魂。

藤堂雖然與老爸有利害衝突，但他做的是違法生意，所以算是罪有應得。

老爸那兩次都面臨生命危險，卻不像今天這樣大驚失色。

難道那男人是老爸無法原諒的宿敵嗎？

況且，我從沒聽老爸說過「地獄」這個字眼，我和他住在一起這麼多年，也從不覺得他感受過危險。

對方太年輕，不可能是老爸的殺父仇人，即使比老爸大幾歲，頂多也只有四十七、八歲。

對了……。我突然想起一件事，我從沒聽過老爸聊起自己的身世。

我和老爸到底有沒有血緣關係也是個謎，他從沒提過我的爺爺、奶奶，甚至從來沒告訴過我，他是在哪裡出生、從小是怎麼長大的。

即使問他，他也總是顧左右而言他，但還是值得一試。

我用功了三個小時（姑且算有啦），老爸一回到二樓，我便走出房間。

老爸一臉憂鬱地坐在捲門書桌前，靠上椅背，有氣無力地將雙腳擱在桌上。

他叼了一支沒點著的菸。

我坐在他對面那張即將報廢的沙發上，他的眼珠子連轉都沒轉。

好一會兒，我和老爸默然相對而坐。

終於，老爸緩緩轉頭看向我。

「幹嘛？」

「我一直想問一件事，老爸是在怎樣的環境下成長的？」

「家裡一堆傭人，有司機送我上學，睡覺時還有奶媽相伴，這樣你滿意嗎？」

我嘆了一口氣。

「果然是白痴才會問你這種事。」

「為什麼想知道？」

「沒什麼，隨便問問。」

「改天再告訴你。」

「改天是哪天？」

「就改天嘍。」

「我就知道。」

說著，我搖搖頭站起來，從廚房冰箱拿出永不缺貨的百威啤酒。

「要喝嗎？」

「來一罐吧。」

我打開一罐，一口氣喝了三分之一，把另一罐放到桌上。

「喂。」

老爸「噗咻」一聲打開啤酒罐後叫住我。

「幹嘛？」

「你白天見到的男人……」

「？」

「是我哥。」

好一會兒，我說不出話來，因為我從沒見過老爸的親戚。

而且，說一旦見面宛如置身地獄的男人，居然是老爸的哥哥。

「真的假的？」

老爸以黯然的眼神望著我，默默地點頭。

「一點都不像。」

「但他就是我哥。」

「那——」

本來想問「為什麼」，但即使是父子，我還不至於神經大條到繼續追問。

桌上的電話突然響了，我剛好在旁邊，順手拎起聽筒。

「你好，這裡是冴木偵探事務所。」

「阿隆嗎？我是島津。」

原來是老爸的老朋友，與國家公權力有密切關係。

我捂住聽筒，看著老爸說：「是島津先生。」

「說我不在。」

老爸低聲說道，眼神空洞地望著半空中。

「對不起，不知道他在麻將館還是哪裡。」

「是嗎……？有事要告訴他。」

「我來轉告吧。」

「那就麻煩你了，你跟他說，『那個男人希望和我們接觸』，如果冴木有興趣，今晚十二點到『女王』俱樂部。」

「知道了。」

聽到「女王」俱樂部時，我微微挑了挑眉。那是青山一家最時尚的會員制夜店，會員都是時下當紅的藝術家、藝人、大使之類的名人或有錢人，也就是現代的特權階級。

我掛上電話以後，轉告島津先生的「留言」。

「島津先生好像知道你在家。」

「是嗎？」

老爸面不改色。

這時，我恍然大悟。島津先生說的「那個男人」，應該就是傍晚來找我的那個人。

「你要去嗎？」

「不知道……」

他不置可否。

快十一點的時候，老爸來敲我的房門。

「幹嘛？」

我趕緊坐回書桌前，回頭問道。

「我出去一下，可能會晚一點回來。」

老爸穿上最稱頭的Cerruti西裝。

「去青山嗎？」

我問道，老爸輕輕笑了。

「去把妹。」

「要不要陪你？」

「考生不可以把精力花在自慰以外的事情上。」

「你真幽默。」

太不尋常了。他平常出門時，從來不說早歸還是晚回。

「那我走嘍。」

老爸出門了。

我收起日本史參考書，叼了一根菸。實在太詭異了。

那句「可能會晚一點回來」，應該有特別的意思。

比方說，一、兩天不回家。不，如果只是一、兩天，他不會這麼說。對他來說，幾個月或幾年的時間才稱得上是「晚」。

總之，老爸不對勁。

我想了一下，探頭朝辦公室裡張望，沒有什麼特別的變化。當然，即使此生無緣再見，他也不可能留下字條這種東西。

無奈之餘，我只好親自去看看到底發生了什麼事。

我一屁股坐到老爸的書桌上，拿起電話。

我打給我的家教——有時候也是得力助手的麻里姊。

麻里姊是國立大學法學院的女大生，之前可是飆車族的大姊頭，紀錄輝煌。她有著連模特兒也自嘆不如的天使面孔和魔鬼身材，追求她的男人多得像蒼蠅，但她不知吃錯了什麼藥，偏偏對老爸情有獨鍾。一心希望師徒之情昇華到男女之愛的我，還為此傷透了心。

為了潛入「女王」，無論如何都需要一名漂亮女伴。

麻里姊剛好在家裡寫報告，真是天助我也。我簡單地說明情況，說服她瞞著老爸和我一起去「女王」。

「『女王』嗎？我記得上次有個K大的蠢蛋在我面前炫耀會員證。」

「麻里姊，拜託妳想辦法把那張會員證弄到手。」

「又不是去闖關。不過，涼介的事倒是令人擔心。」

麻里姊吐露了和我相同的想法。

「那，一個小時以後在『女王』門口見嘍？」

「OK，穿得成熟一點，別讓人家識破你是高中生。」

「好傷心，我在妳眼中只是小鬼嗎？」

「當然不是。你不像涼介，是可以獨當一面的大人了。」

麻里姊說完便掛了電話，這句話反而讓我更無法平靜。

3

從青山的二四六大道，經過青山小學，隔街某棟大樓的地下室就是「女王」。

大樓的一樓以上是進口車的展示屋和設計事務所，都是充滿現代感的辦公建築，只有地下室是餐廳酒吧。因此，除了展示屋，整棟大樓早已熄燈。

然而，大樓附近仍停滿了法拉利、保時捷、捷豹和賓士車，簡直就像高級車的展場。

我騎著心愛的機車，比約定時間提早到了「女王」的門口，尋找那輛勞斯萊斯。

左顧右盼老半天卻沒看到，那個男人應該還沒到，不然就是司機把車子停在遠處待命。

十二點十分，麻里姊步下計程車。

不同於那些迷戀Pinky & Dianne和JUNKO SHIMADA的女大生，她以一身直筒褲裝現身。

針織短外套底下是一件蠶絲襯衫，搭配香奈兒絲巾。

麻里姊一頭及肩的浪漫鬈髮，邁著輕盈步伐走向「女王」門口，我從電線桿後方走了出來。

「咦？你怎麼躲在這裡⁉」

麻里姊驚訝地回頭看我。不適合體長腿短的日本人穿的褲裝，在她身上卻特別有型，阿隆我是內行人，知道她絕對不是以厚墊高跟鞋來修飾腿長。

「涼介呢？」

麻里姊問道，我搖搖頭。到了「女王」，並沒看到包括老爸在內的任何熟面孔。國家公權力一行人應該已經進去了。

「嗯，還算差強人意。」

麻里姊檢查我的裝扮；分十二期付款的川久保玲西裝讓我看起來至少超過二十歲。

「貸款還剩下一半。」

麻里姊聽到我的話，吃吃笑了起來，把手伸進Loewe肩揹包裡。

「為了借這張卡，還得答應對方後天陪他開車兜風。」

她拿出一張很像透明底片的卡片，似乎就是會員證。

「對方知道妳的過去嗎？」

「怎麼可能⁉他的夢想是跟我一起開律師事務所。」

「真可憐。」

「什麼意思？」

「沒什麼。」

「不規矩一點，當心我把你丟進海裡餵鯊魚。」

「我好怕呀。」

夜店入口有一道鑲著玻璃的對開大門，推開便可看到後方的樓梯，前面的寄物櫃檯有人負責驗卡。

「歡迎光臨！」

我把麻里姊借來的卡片遞到一名恭敬鞠躬的黑制服男面前。黑制服男把卡片放在一台像是小型幻燈片放映機的儀器前。

他似乎真的在核對，然後面無笑容地說：

「是堀江先生嗎？」

原來那個夢想和麻里姊一起開事務所的可憐K大生姓堀江。

我假裝是紈褲子弟，傲慢地點點頭。

黑制服男抽出卡片，交給在一旁等候的燕尾服女生。

「替堀江先生帶位。」

我在一旁抽走卡片。

「不用，我是常客，自己會找位子。」

兩名黑制服男訝異地看著我。萬一他們剛好把我帶到老爸座位旁邊，我就死定了。眼下必須確保行動自由。

我朝黑制服男點點頭，意思是說：「瞭了吧！」

「知道了。如果您有中意的座位，請告訴服務生。」

「謝啦！」

說著，我拉起麻里姊的手臂。

走下樓梯，店內播放「槍與玫瑰」的歌曲籠罩著我們。麻里姊向我咬耳朵說：

「嘩！這裡你真的很熟嗎？」

「怎麼可能嘛！」

「你真是夠了。」

地下室很寬敞，中央擺著充滿現代藝術氣息的巨大雕刻品，反射著聚光燈，宛如酷斯拉把東京鐵塔和摩天大樓揉成一個球狀物。地板鋪著大理石。

圓形吧檯繞著牆，一些看起來像業界大哥大姊的客人正在喝酒。

我環視一周，沒看到熟面孔。

「這家店只有這樣!?」

我對著麻里姊大叫。這和美術社在社團室裡開派對沒什麼兩樣嘛！

「當然不是，裡面還有包廂。」

「OK，去看看。」

我走向麻里姊指的方向。

後方的確有一道樓梯，往上往下都是包廂席，由幾個擺設做出隔間。

天花板有整排很亮的聚光燈照在樓層的交界處，剛好形成一道光簾擋住了。

他們到底在樓上還是樓下的包廂？關於這個問題，我倒是有一點想法。

包括島津先生在內，老爸和他**哥哥**都是從事危險生意的行家，照常理來說，絕對會坐在隨時能夠還擊的位置。

如果坐在地下室，一旦店裡發生什麼事，很難掌握狀況。所以，我認為他們會坐在高處。

既然有了結論，接下來就是如何接近他們。

幸好用來區隔包廂的擺設物都很大，雙手無法環抱，只要躲在後面，也不會被鄰座的人發現。

不過，從那一排聚光燈底下經過時，就會無所遁形。

我尋找燈光照不到的死角。

沒有。

看來，想上樓只能碰運氣了。

「等我一下。」

我向麻里姊打了聲招呼，走進化妝室，以水沾溼頭髮，往後抓梳幾下，立刻變成油里油氣的飛機頭，再從西裝內袋拿出墨鏡戴上，看了一眼鏡子。

雖然逃不過老爸的眼，但島津先生和其他人應該認不出來。島津先生從沒見過我穿得這麼正經八百，只要經過那排聚光燈，店裡光線昏暗，應該不會被認出來。

麻里姊看到從化妝室走出來的我，皺起眉頭。

「你怎麼了？」

「別問那麼多，走吧。」

我躲在麻里姊身後，走過了那道光簾。

不出所料，幾名與這家店的氣氛格格不入的深色西裝男子坐在最裡面的包廂。我瞥到他們，迅速坐到後方的位子，那裡正好空著。

只要那些人不站起來張望，就不會看到我。

「真是夠了。」

我小聲嘀咕著，嘆了口氣。

老爸不在，只有島津先生和兩名屬下，我以前見過他們。那個做作男也不在場。

「涼介不在。」

麻里姊悄聲說道。我點點頭。看來，會談還沒開始。

我看了手表一眼，離約定時間已經過了三十分鐘。

擺設物後方並沒有傳來交談聲。

我讓麻里姊坐在靠近入口的座位，以方便我觀察走動的客人。店裡漸漸熱鬧了起來，客人將近有一百人吧。

服務生走過來，麻里姊點了Perrier礦泉水和琴湯尼。她似乎不打算讓未成年者碰酒。

礦泉水送上來時，我喝了兩口。此時，兩名男子撥開人群走進店內的模樣引起我注意。那兩人很年輕，看上去二十出頭，穿著名牌西裝，但模樣與在場的其他客人格格不入。

他們的體形高大結實，而且面無表情。此外，兩人明明是一起來的，卻相距有五公尺遠。

他們一起走下入口階梯，一走進店裡就分了開來。

其中一人不是日本人，一身古銅色皮膚，五官輪廓很深。

他們小心翼翼地觀察店內情況，避免經過那排聚光燈的正下方。

然後，他們互望點點頭，走回樓梯口。

不一會兒，他們和另一個男人下樓。

男人經過那排聚光燈底下。

我立刻抱住麻里姊。

「喂！你幹嘛——」

「別問，先別說話。」

我對麻里姊咬耳朵。

對方就是在「麻呂宇」現身的男人——老爸的**哥哥**。

後面傳來島津先生起身的聲響，這就是我正在警戒的事。

我把臉埋在麻里姊香噴噴的頭髮上，嘴巴貼著她的頸子。

「不好意思，我遲到了。」

男人上樓後說道。

「出了一些差錯。」

「不用解釋了，我只想知道你找我有什麼事。」

島津先生說道。他的語氣很嚴厲。

背靠背的皮沙發發出嘎吱嘎吱的聲響，他們似乎坐了下來。

我放開麻里姊。

「白痴。」

麻里姊微微臉紅地小聲說道。

「好久不見。」

一陣短暫的沉默，傳來那個男人的聲音。

「你不該來的，萬一被冴木看到，後果不堪設想。」

島津先生說道。

「船到橋頭自然直。不好意思。」

背後傳來咔嚓一聲，他似乎拿出了雪茄。不一會兒，香味也飄到了我們的座位。

「今天下午，我去了冴木的公寓一趟。」

那個男人說道。島津先生似乎倒抽了一口氣。

「你見到冴木了嗎？」

「不，他剛好出門了。我見到他兒子阿隆，那孩子是塊料。」

「別妄想了，難道你想被冴木幹掉嗎？」

島津先生冷冷地說道。

「我無所謂，反正他本來就不會放過我。」

「我是不知道你和冴木之間有什麼深仇大恨，不過我警告你，可別在這個地方亂來！」

「真是毫不留情啊。」

「那當然，你也不想想自己做了什麼！」

「真有那麼糟嗎？」

「當然，比毒販和軍火商更惡劣。」

一陣沉默之後，男人開了口。

「如果是來向你求助的呢？」

「那你找錯人了，我可沒提供這項服務。」

「我是明知不可能的，這其中的利害關係太複雜了。」

「所以，很遺憾，我們國家跟你沒有任何關係。」

「是嗎？如果你願意幫我，我也會有相對的回報。」

「恕我拒絕。我們不需要。」

「真遺憾……，那我去拜託冴木好了。」

「別傻了，冴木不可能幫你，他最痛恨你這種人了。」

「你通知冴木今晚的約了嗎？」

男人問道。

「當然說了。」

「為什麼？」

「因為友情。你這種人不可能了解的。」

男人發出訕笑。

「──你要說的話都說完了嗎？」

「嗯，目前只有這些。」

「那我要走了。」

島津先生站起來，這次換麻里姊抱住我。

姑且不論剛才聽到的內容事關重大，麻里姊對我投懷送抱的感覺真不賴。

我從麻里姊的髮絲之間看著島津先生帶著兩名部下離去。

「怎麼辦？」

與那個做作男同行的年輕男子問道。

「沒關係，反正早就料到了，我自有妙計。」

「還是拜託中心的人……」

「別說蠢話！他們有什麼屁用！只會搞得人仰馬翻，還想把一切占為己有。」

「但是……」

「而且，一旦中心有動靜，蘭利不可能袖手旁觀，到時候反而會演變成戰爭。」

「……」

真是危言聳聽，但聽到蘭利這個名字，我終於知道他們在講什麼了。

中心是ＫＧＢ，蘭利代表ＣＩＡ，這是東西兩大諜報員的大本營。

「多坐無益，閃人。」

我就在等待這一刻。第三次，我和麻里姊抱在一起。

我目送那個做作男帶著兩個年輕人離去。

「喂，到底要抱多久？」

聽到麻里姊尖聲質問，我終於依依不捨地鬆開了手。

「氣氛正好呢！」

「說什麼鬼話，走吧！」

「去哪裡？」

「趕快去找涼介，把剛才的事告訴他。」

「那些內容也太離奇了。」

「但，可以確定這件事與涼介有關，我們當然不能袖手旁觀。」

麻里姊似乎關心老爸更勝於我。

「嘿嘿，但他出門時說要去把妹哦。」

麻里姊猛然回頭看著我。

「他真的這麼說？」

「考生怎麼可能說謊？」

麻里姊用力咬著嘴唇，看起來凶悍卻很性感。

她不發一語地站起來，大步走向大廳。

「等等我嘛。」

我無可奈何，只好跟了上去。

「阿隆，你可以回去了。」

麻里姊邊走邊說道。

「那妳呢？」

「我去找涼介。」

「我陪妳。」

麻里姊走到通往出口的樓梯中央，停了下來。

「阿隆，你是考生，哪有這種閒工夫？」

「但事關重大……」

我聳聳肩，搶在她之前衝上階梯。

「我來結帳。」

「不用了。」

麻里姊說著，站在收銀檯前面。

我聳聳肩，推開大門。搞不懂麻里姊為什麼突然生氣？

一踏出大門，我立刻停下腳步。

「麻里姊！」

「什麼事？」

「電線桿。」

我拉著麻里姊的手臂，躲到門後伸手一指。

有個人站在我剛才躲的那根電線桿後面，背對著我們，微微低頭。

「那不是涼介嗎？」

我點點頭。

剛才那個男人和兩名年輕手下站在馬路上，電線桿後方剛好位在他們看不到的死角。

兩個年輕人好像保鑣似地站在那男人的兩旁，看樣子正在等候司機開車過來。他們伸長了脖子，望著馬路的遠方。

我將視線移回老爸身上。

老爸正緩緩回頭，右手伸進上衣內側。

我倒抽了一口氣。

老爸的右手抽出來時，手裡握著一把不知從哪弄來的左輪手槍。

「粕谷……」

老爸從電線桿後方緩緩地走出來，舉起了槍。

聽到老爸的叫聲，馬路上那三個人頓時愣住。老爸喊的是中間那個男人。

下一秒，靠近我們這一側的黝黑男子從懷裡掏出自動手槍。

「老爸！」

我忍不住大叫並衝了出去。

老爸瞥了我一眼。槍聲響起，他一個轉身。

中槍了！

正當我腦中掠過這個念頭時，老爸跪在地上開槍。黝黑男子的右肩被子彈打穿，鮮血噴了出來。

「老爸！」

我衝到馬路中央，剛好擋在兩組人馬之間。

「阿隆！別過來！」

老爸大叫，臉上露出痛苦的表情。

此時，傳來嘰嘰嘰的剎車聲。

一輛車以驚人的速度衝了過來。

我和車子之間的距離不到十公尺。

老爸看到那輛車，連續開了好幾槍，擋風玻璃頓時一片雪花。這景象宛如慢動作般烙印在我眼底。

被打碎的擋風玻璃內側，有一個喉頭部位染滿鮮血的男人往後仰，車子打滑，朝我的方向衝過來。

我看到後座有兩個男人，他們都拿著小型衝鋒槍。

「咻咻咻！」一陣槍聲響起，「女王」的大門多了一排彈孔。

保護那個粕谷的其中一名年輕男子，把槍口移向那輛車，連開了好幾槍。

老爸也瞄準那輛車。

一陣槍林彈雨襲向老爸掩身的電線桿，冒出無數火花。

老爸的子彈把車後座的槍手打得向後仰。

進口車展示場的巨大櫥窗化成無數玻璃碎片掉落。

老爸跪在地上。

下一剎那，滑過來的車尾掃到我。

我整個人彈向粕谷他們的方向。

「阿隆！」

我聽到老爸大叫。

然後我重重地摔在柏油路上，忍不住屏住呼吸。

我在地上打滾，撞到護欄才停下來。抬頭一看，粕谷的保鑣正以槍口對準我。

然後，我昏了過去。

大

鎖城

不思議國度的打工偵探

1

我睡了好久好久，中途醒來好幾次，然後再度陷入昏睡。

我搞不清楚自己處於什麼狀態，也不清楚睡在哪裡。

有很長一段時間，我的腦袋好像蒙上一層霧靄。即使醒來的那一刻，我也沒辦法轉頭，好像還在做夢。

真正清醒以後發現的第一件事，就是我一定睡了快一個世紀。

肌肉僵硬，好像渾身結了冰，醒來以後過了很久很久，才有活動筋骨的意願。

我翻了個身。

背頸和頭部均發出吱吱咯咯的聲響。

雙眼終於睜開了，我看到白色壁紙，發現自己躺在漿過的乾淨床單上。

室內很明亮，有一種清新的氣味。

我抬起頭。

我在一間四坪大的西式房間裡，躺在床上，旁邊還有一張書桌，桌上放了好幾本書。

書桌旁有張椅子，椅背上掛著一只登山包。

書桌對面的牆角有一個架子，上面放了CD音響和雜誌，還有一些雜物。

書桌後方有一扇窗，亮色窗簾是拉上的，光線透過窗簾灑了進來。

（這裡不是醫院。）

這是我的第一個念頭。怎麼看都不像，不知道是誰的房間。

而且，房間主人的年紀應該和我差不多，不是高中生就是大學生。

床邊放了一張小椅子，上面擺著鬧鐘、書本和檯燈。

鬧鐘指向三點。從光線來判斷，應該是下午三點。

我緩緩抬起手臂，左肩隱隱作痛，是跌打損傷造成的疼痛。

我唯一一套像樣的川久保玲西裝不翼而飛，取而代之的是花貓圖案的睡衣。

（我為什麼在這裡？）

既然不是醫院，那就表示在別人家。但我對這個房間完全沒印象，我的朋友都沒人住在這種地方。

記憶漸漸甦醒。

在「女王」門口有一場槍戰。

我最先想起的是，那輛車的擋風玻璃被打成蜂窩，車子還朝我滑了過來。

我被車子撞飛，撞到護欄。當我抬頭時，槍口正抵著我。

在此之前……

突然想起來了。

是老爸，老爸出現了。

老爸先拔槍，朝那個男人叫了一聲「粕谷」。然後，對方的保鑣向他開了一槍，他也還擊了。

正當他們發生槍戰時，那輛車衝了過來。

然後……

他們分別站在馬路兩側，朝那輛車開槍。也就是說，坐在那輛車上的人同時是老爸和「粕谷」的敵人。

車上的男人以衝鋒槍掃射，他們的目標是「粕谷」。

老爸的目標也是「粕谷」。

老爸在那裡的理由只有一個，就是在等「粕谷」。

為什麼？

為了殺他。

我吁了一口氣，重重地躺下來，望著白色天花板。

天花板貼著玩伴女郎的照片，而且不是日本版，一刀未剪，也沒有經過馬賽克處理，該有的一樣都沒少，重要部位拍得一清二楚。

老爸想殺「粕谷」，絕對錯不了。

我第一次親眼目睹老爸不是為了自保或保護他人而殺人。

老爸，此人和你有深仇大恨嗎？

老爸，為什麼這麼恨他？

我有一種莫名的難過，不想面對老爸主動殺人這件事。

我閉上眼睛。

當時的情景一一浮現在眼前。

老爸拔槍，正準備瞄準，聽到我的聲音嚇了一跳。這時，他被對方的保鏢擊中了。

如果我沒有邊喊邊衝出來，老爸早就斃了「粕谷」，自己也不會中槍。

不知道老爸的傷勢嚴不嚴重。

我猛然跳了起來，輕柔的羽毛被啪地翻成了對摺。

我下了床，光腳走在木質地板上，下半身也穿著相同圖案的睡褲。

門在床腳邊。

無論如何，一定要趕快離開這裡，聯絡老爸。

我轉動門把，門無聲無息地開了。

首先映入眼簾的是挑高天花板，還有一盞水晶吊燈。

這裡是二樓，外面有扶手走廊，樓下的空間相當寬敞。

一樓是客廳，四面有大窗，坐起來很舒適的沙發圍成一圈，旁邊還放了很多抱枕。

中央有一張籐桌，還鋪著蕾絲桌巾，桌上放了一只插滿鮮花的大花瓶。

窗明几淨，簡直就像是樣品屋。

我看向右側。

走廊右側的盡頭有一道牆，我剛才睡在倒數第二個房間裡，前面還有一扇門。

盡頭也有一扇門，那裡應該是浴室。

我看向左側。

有一道通往樓下的樓梯，前面也有一扇門。

一個穿圍裙的女人正走向樓梯。

女人抬起頭。

「啊呀……」

那女人約四十出頭，以那個年紀來說，算是美女。一頭短髮，嘴唇僅擦了淡淡的口紅，身穿粉紅色開襟衫和白色圓裙，腰間繫著一條圍裙。

「妳好。」

我向她鞠了個躬。

「醒啦。」

女人說道。

「對，我好像睡死了。」

「對啊，我還在擔心你會不會睡到眼珠子融化咧。」

女人笑著瞪了我一眼。

「希望沒給妳添麻煩……」

「你在說什麼啊？是你自己說偶爾星期天別叫你起床的。」

「啊？」

星期天。

我是星期一去「女王」的，絕對沒錯。因為星期天的隔天早上我爬不起來，那天的上課內容還記得很清楚。

「今天是星期天？」

「對啊，你有點怪怪的，是不是發燒了？」

女人大聲笑道。

這麼說，我整整睡了六天。

「既然醒了，趕快去換衣服吧。不趕快把車庫整理乾淨，當心挨爸爸的罵哦。」

「啊……」

我注視著對方，不知該如何回答。

「車庫？」

「對啊，昨天吃過晚飯，你不是答應要把機車的零件清理乾淨嗎？」

「答應誰？」

「說什麼傻話啊，當然是答應你爸，媽也聽到了。」

「……」

我徹底說不出話來。既想大叫，又想大笑，有一種難以形容的奇妙感覺。

我轉動眼珠，再度審視室內。沒錯，完全陌生的家。

「媽……，我媽？」

「你當著親生母親的面這樣質疑，當心我會生氣哦！」

女人雙手扠腰，抬頭看著我。

「等、等、等一下，妳好像搞錯對象了。我姓冴木，叫冴木隆，是都立K高中三年級……」

「別鬧了……」

女人咋了一下舌。

「你在說什麼呀，除了是冴木隆還能是誰?你是冴木涼介和我冴木瑞江的兒子。什麼都立高中，你以為這裡是哪裡?」

「哪裡?」

「你真的很無聊，懶得理你。快去換衣服，順便洗把臉，泉美快回來了。」

「泉美?」

「你連你妹的名字也忘了!?」

女人跺腳，轉身下樓。

我慢慢走回房間，一屁股坐到床上。

不知道哪裡出了錯，而且錯得離譜。

如果這女人的話屬實，這裡是我家，她是我媽，我還有個妹妹。

我沒有母親，更不可能有妹妹。

我住在廣尾的聖特雷沙公寓。

我起身走到書桌旁。桌上確實放著高三的教科書和參考書，而且很陳舊了。

我拿起掛在椅背上的登山包，表面是紅布和皮革拼貼而成的，有點髒，感覺每天都在使用。

我在包包裡摸到一個方形硬物。

拿出來一看，原來是布質月票夾。

裡面有一張學生證。

高中部三年級　冴木隆

上面貼著我的大頭照，還蓋了章。

我愕然地注視著那張學生證。

這是怎麼回事？

學生證上只寫了「高中部」，並沒有寫校名。

地址呢？

我懷疑自己的眼睛，學生證上面找不到校名和學校地址。

冴木隆　五區七號

也沒寫區域名，不，甚至沒寫縣市名稱。

我想不到日本哪個城市是以這種方式書寫地址的。

這裡到底是哪裡？

一瞬間，我很認真地懷疑自己是不是誤闖異次元空間。

這也太誇張了！這種事發生在盧卡斯或史匹柏的世界裡就夠了，和我這個打工偵探完全沾不上邊。

我檢查月票夾，如果裡面有錢，至少能知道是哪一國的錢。

我鬆了一口氣，裡面的確是日本紙鈔，有三張千圓鈔，零錢夾裡有兩個一百圓和四個十圓硬幣，總共三千兩百四十圓。

對於打工偵探阿隆來說，這點錢有點寒酸。這個家的阿隆雖然住在氣派的房子裡，零用錢似乎並不寬裕。

該不會在唬弄我？我不禁這麼想。比方說，老爸為了擺平上了年紀的老相好，就把我當作人情送了出去。

果真如此，一切似乎安排得太周到了。況且，從昨天——六天前發生的事情來看，應該不可能。

冷靜。我這麼告訴自己。

總之，不知道發生了什麼事，但一定要搞清楚狀況，然後再來思考。

我打開抽屜。

抽屜裡有文具、便條紙和照片——我拿出照片。

照片上有兩個人騎著腳踏車，背景似乎在某森林裡，兩人笑得很開心。其中一人是我，另一人是個年紀比我小的女生，她的膚色曬得很健康，綁著馬尾辮，看起來很活潑，還算可愛。

難道是這家的阿隆的女友？或者是還沒打過照面的妹妹泉美？

抽屜裡盡是一些破爛——不值錢的玻璃擺設、莫名其妙的布片、舊糖果罐。打開來一看，裡面有香菸和打火機。

這家的阿隆似乎瞞著大人抽菸。他抽的菸和我一樣，都是七星淡菸。

我關上抽屜，打開靠牆的衣櫃。

裡面大部分是牛仔褲，沒有一件西裝或夾克。他的品味不夠時尚。

我只好挑了一件Levis的牛仔褲和連帽衫，襪子和內衣褲都放在衣櫃的小抽屜裡。

不可思議的是，所有衣物完全符合我的尺寸。衣櫃門的內側有一面鏡子。

我戰戰兢兢地看向鏡子。如果裡面出現一個有八隻眼睛的綠色外星人，我也只能認了。

不過，仔細一想，學生證上貼的是我的大頭照，鏡中人當然也是熟悉的阿隆。

我把找到的香菸放進連帽上衣的口袋裡，再把月票夾塞進牛仔褲口袋。

一切準備就緒。

我走出房間，下樓。房間的正下方是開放式廚房，「老媽」正在那裡忙進忙出，廚房裡的大冰箱足夠放全家人吃一週以上的食物。

「老媽」正在烤箱前，似乎察覺我下了樓，頭也不回地說：

「衣服換好了嗎？」

「算是啦……」

我坐在飯廳的六人座餐桌前。

「餓了嗎？」

「老媽」打開烤箱，戴著手套拿出托盤，一股香噴噴的味道頓時飄來。

我聞到味道，才發現自己餓得前胸貼後背了。

「餓死了。」

「剛烤好的肉派，要不要吃？」

「那我就不客氣了。」

「老媽」轉身，臉上浮現苦笑。她的笑容很溫柔。

「講話幹嘛裝模作樣。你盡量吃沒關係，但要留一點給泉美。」

「好。」

「老媽」切開剛烤好的派，裝在盤子裡。

「要不要喝飲料？」

我原本想說啤酒，又把話吞了回去。也許這家的阿隆不喝酒。

「如果有可樂……」

「有啊。」

「老媽」從冰箱裡拿出罐裝可樂，打開拉環，連同裝了肉派的餐盤一起放到我面前。

「很燙，小心別燙到了。」

我點點頭，用叉子插起肉派。才吃了一口，就因為太燙了，忍不住慘叫。

「好燙。」

「不是提醒你了嗎？老是這麼冒失。」

我慌慌張張把可樂灌進嘴裡，雖然很燙，但味道無可挑剔。

「好吃嗎？」

「好吃，很好吃。」

「太好了。」

「老媽」笑了。

「妳常做嗎？」

「你在說什麼啊！這是泉美最愛吃的，你也不討厭啊。」

我忍不住嘆氣。

「那，泉美……在哪？」

「去同學家了，晚飯前應該會回來。」

「老爸呢？」

只有這句話我問得特別自然。

「上班啊，今天可能會晚一點回來。」

「上班？」

「對啊，有什麼好驚訝的？」

「沒、沒什麼……」

一眨眼工夫，我就吃掉了剛烤好的半個肉派。

「我吃飽了。」

「吃這麼多，晚餐還吃得下嗎？」

「當然吃得下。」

說完，我站了起來。

「去哪裡？」

「去散步，消化一下。」

「好吧，但是要記得整理車庫。」「老媽」說道。

「好！」

我走向玄關，在好幾雙鞋子中，發現一雙好像只有我在穿的籃球鞋。

我穿上鞋，尺寸剛好。

「阿隆？」

我正要出門，「老媽」在廚房裡叫住我。

「是。」

「天黑之前要回來哦，否則，小命不保。」

「啊？」

「老媽」嫣然一笑。

「傻瓜，開玩笑啦！」

2

我走出玄關，反手將門（鑲有彩色玻璃格的大門很漂亮）關上後，雙手插在連帽上衣的口袋裡，不禁沉思了起來。

眼前的景象完全陌生。

一條寬敞的馬路，兩側有許多房屋，房舍之間保持一定的間隔。燦爛的陽光照耀在修剪工整的草皮和水泥步道上。

一棟棟房子寬敞整潔，宛如樣品屋般一塵不染。

然而，我只能從停在車庫裡的車子、腳踏車和在草皮上奔跑的狗，證明這些房子有人居住。

我站在原地良久，看著眼前的情景。

這裡不可能是東京，如果是東京，那就是超高級住宅區。

不，這裡是不是日本都還是個問題。

這裡的街道太漂亮了，簡直就像好萊塢電影裡的美國鄉下小城。

比方說，男主角和我年紀相仿，踩著滑板去上學；和女友約會時，借老爸或老哥的車去兜風。

然後，把車子停在郊外的山丘上，仰望夜空，與女友的胸罩釦鉤纏鬥。

如果是電影，當然不可能到此為止。在全城都陷入沸騰的萬聖節或高中創校紀念日的氣氛中，戴著冰上曲棍球球員面具的殺人魔單手拿著鏈鋸在街上遊蕩。

平靜美麗的鄉村小城一夕之間淪為恐懼和血腥的地獄。

至於壞蛋的角色，既是瘋狂科學家，也可以是降落在後山的太空人，或是在指甲上加裝剃刀的瘋子。

總之，這個小城太美麗、太祥和了。

而且，毫無真實感。好像有人住在這裡，但完全感受不到這些人靠什麼維生。

我搖搖頭，難道還在做夢嗎？該不會因為被車撞飛，讓我陷入永遠醒不了的長眠？

總之，我要動起來，光是站在這裡，根本無法判別是不是夢。

我踏向對於住宅區來說顯得過寬的人行道。

街道上以等間隔的距離種植著行道樹。

我轉身看向剛才走出門口的那棟房子；白牆、磚紅色屋頂的雙層樓建築，窗戶很大，前面有一間木造車庫。

只要看一下車牌，就知道這裡是哪裡。

我走近車庫門，抓住上掀式捲門的把手。門和車庫都被漆成了白色。

我緩緩拉起車庫門。

車庫很大，足以並排停放兩輛車。左側有一個放滿工具的架子，地上散亂著沾有油漬的破布和機車零件。

停得下兩輛車的車庫內只有一輛車，旁邊空著。從地面上的油漬研判，那裡平時還停了另一輛車。

一旁是一輛被拆了一半的五十西西機車殘骸。

車庫裡停的是Golf箱型車，方向盤位於左側。

我呆然地望著車前保險桿。紅色車體沒有異常，然而找不到該有的東西——車牌。

這輛Golf不像荒廢已久的報廢車，既然不是，在路上奔馳時不可能不掛牌。

想到這裡，我從拉開一半的車庫門走進去。

如果這座小城的阿隆喜歡騎車（我也喜歡），喜歡自己拼裝交通工具，這輛五十西西一定有車牌。

沒有。

這輛五十西西的機車也沒有車牌。

我緩緩後退，走出車庫，悄然無聲地拉下捲門。

（一團糟。）

腦海中浮現這句話，我完全在狀況外。

我再度踏上人行道，左右張望。

住宅沿著角度很小的彎道而建，中途有幾條岔路穿越住宅之間，與眼前這條路幾乎呈直角。

去哪裡？

（找公共電話。）

先找公共電話，打電話到老爸的事務所，或是打給國家公權力島津先生，他們就能反向偵測我目前的所在地。

我決定往左走。決定之後，我邁開步伐。

踏出步子，我才發現沒帶手表。

下午三點醒來，現在應該是四點左右。

照理說，星期天下午四點，住戶應該在院子裡灑水或帶狗散步，準備烤肉……之類的。

「嗨，阿隆。」

我聽到有人叫喚，便抬起頭。

一個大叔正在離「我家」兩戶遠的前院澆花。

一些盆栽就擺在雙層裝飾台上。

大叔一頭花髮，留著三七分的髮形，一身格子襯衫與牛仔褲。

當然，我不認識他。

「午安。」我回應。

「學校的情況怎麼樣？」

「馬馬虎虎啦。」

「你爸呢？」

「好像……出門了。」

語畢，才想起我並不知道這裡的「老爸」是個怎樣的人。

「是嗎？涼介是個工作狂。」

大叔居然面帶笑容地說出這句話，涼介本尊聽到這句話，一定會笑掉大牙吧。

「呃……」

「什麼事？」

「這附近有公共電話嗎？」

「公共電話？」

大叔停下澆花動作，露出沉思的表情。

「沒有……，你要打電話回家嗎？」

我差點回答「對」，但趕緊把話吞了回去，並搖搖頭。

「不，我要打長途電話。」

「家裡的電話壞了嗎？」

「不是……」

「那就回家打吧。」

我目不轉睛地看著大叔無憂無慮的表情。

如果問他，這裡是哪裡？他會怎麼回答？

他該不會回答，這裡是白鳥座十號星嘰哩呱啦聯邦，哇哩咧城第幾區……

大叔認識我，而且以為我是這座城市的冴木隆。

「對了……，今天是幾號？」

我問道。

「今天？我想想，好像是十四號。」

沒錯，的確過了六天。

「謝謝你。」

我向他鞠躬道謝，準備轉身離開。這時，大叔開了口。

「對了，阿隆……」

「有！」

「記得天黑之前回家。」

他說的話和「老媽」一樣。

「啊？」

「最好在天黑之前回家。」

大叔甩了甩澆水壺，又重複了一遍。

「為什麼？」

「這陣子治安不太好。」

「不太好？」

「那個殺人魔，今天晚上可能會在這一帶現身。」

殺人魔！

我瞠目結舌，盯著大叔。

「這週又有兩個人被殺了……」

大叔說完，聳聳肩。

「你爸不在家，你是男生，必須保護家人。」

現在是怎樣？這簡直就像電影情節嘛！

「在……在哪裡被殺的？」

「在家裡。那些人都是在家裡被殺的，不管老弱婦孺，一律格殺無論，太可怕了。」

大叔皺眉。

「警察呢？」

「警察？喔，你是說保安部嗎？他們很努力，但一無所獲，兇手可能是從外面來的。」

「外面？」

我反問，這一瞬間，大叔臉上完全沒有表情。

「總之要小心。你要保護你媽和泉美，這是你的使命。」

「等一下，你剛才說的『外面』，是指這個城以外的地方嗎？」

大叔不置可否地搖搖頭，把澆水壺裡的水通通倒進了盆栽。

他對我的話充耳不聞，把水倒空時，還嘀咕了一句「好嘍」，便轉身往自家方向走去。

「對不起。」

我叫住他，但我好像突然成了隱形人。

「得幫忙張羅晚餐了……」

大叔自言自語地走回家。

我只能目送他的背影。

差點癱坐在地上。

到底發生了什麼事？這裡是哪裡？我為什麼會在這裡？

沒錯，眼前的我正面臨這樣的狀況。

我是誰？這裡是哪裡？

大叔消失在一棟漂亮的綠色房子裡，我在人行道上緩緩坐下。

從口袋拿出菸和打火機，點火，吸了一口。

即使鄰居看到我抽菸去告狀說：「冴木家那個品學兼優的兒子……」我也管不了那麼多了。

久違的尼古丁讓我手腳發麻，頭暈目眩。

「這不是夢。」

我嘀咕道。雖然沒捏自己的臉，但我深信，眼前這一切不是夢。

如果是現實，到底發生了什麼事？

是誰把昏迷的我送來這裡？

和這個城的冴木隆調包。

有這種可能嗎？

這個世界上還有另一個和我長得一模一樣的人也叫冴木隆，還附贈了媽媽和妹妹。

難以想像。

我搖搖頭。

這麼說，大家都在騙我。

為了什麼？

搞不懂。

我踩熄變短的菸蒂，搖搖晃晃地站了起來。

總之，資訊太少，必須收集更多有關這裡的資訊。

剛才那個大叔提到了「保安部」。

無論是汽車沒有車牌，或是警察叫「保安部」，在在證明了這裡不是日本的一般城市。

首先，必須了解這裡的規模及構造。

我深呼吸，快步走了起來。

這座城應該有盡頭，除了民宅以外，還有商店或公共設施之類的建築物可當作線索。

只要到處走走，一定找得到。

於是，我開始在路上四處觀察。

我發現腳下這條路沒有盡頭，是一條彎弧幅度很小的環狀道路，一直往前走，遲早會走回原點。

而且，這條路的兩側只有一般民宅。

家家戶戶占地很大，空間相當寬敞。

我只看到那個大叔和幾戶人家，有幾棟房子好像是空屋，感覺沒有人住。

井然有序，卻有一種生疏感。

從頭到尾，只有那個大叔向我打招呼。

我看到的那些人當中，有些不是日本人。

有人在院子裡烤肉。

那家人都是白種人，有一對很像雙胞胎的女兒（約七歲），金髮母親和棕髮父親，他們還養了一隻體形出奇大的狗。

他們以英語大聲交談，即使看到我，也沒有特別引起他們的注意。

我在路上行走時，有幾輛車經過。那些車都行駛在縱向道上，與我走的這條路交叉，車速不快，時速大約三十到四十公里。由此判斷，這座城並不大。

城裡的道路很平坦，幾乎沒有起伏，但無論望向哪個方向，都看不到遠方的風景。由於房舍之間的位置很微妙，遮住了數百公尺以外的視野。

只有一個區域完全沒有建築物，從那裡往圓形小城以外張望，可看到遠方有一座漆黑的森林。

我在路上看到的車子都沒有掛車牌。

這裡不僅沒有公共電話，更沒有郵筒、廣告、海報，甚至沒有電線桿，沒有任何「公共設施」。

暮色漸近。

我不知所措地站在原地，堂堂阿隆面對這種狀況也只能舉手投降。

唯一的方法，就是回去試試「家」裡的電話。

天色昏暗，沿街的住宅紛紛亮起照明，有些住戶在一樓和二樓都亮了燈，有些只開了一樓的燈，有的沒開燈。

我環視四周，房子約有幾十棟，顯示生活味道的燈光照亮了庭院的草皮和街道。

這裡沒有公寓，也沒有華廈，完全都是獨門獨院的洋房，雖然不知道裡面住了多少人，但房舍十分整齊，好像一開始就是要打造一個這樣的城市。

那裡離「我家」約有三十分鐘路程。當我知道這是一條環狀路之後，便摸索著走上縱向道，往同心圓狀的城中心方向走去。

我不擔心迷路，因為這裡的地形很單純。

我往城中心的方向看去。

中心應該有「住家」以外的建築物，比方說，商店、餐廳或公共設施。

背後傳來汽車引擎聲。

我回頭一看，一輛黑色車子正以慢速駛近。那是一輛四輪驅動的越野車。

越野車在與我相距數公尺的地方停了下來。

車燈突然大亮，照在我身上，接著又亮起更多燈，燈光太刺眼，我伸出手遮擋。越野車車頂上的聚光燈也照向我，車子並未熄火。

「不許動！」

擴音器傳來聲音，對方說話的語氣很嚴厲，好像在警告我，一旦反抗就會被射殺。

我站著不動。

在逆光中，我聽到車門打開的聲音，接著，有人下車。我感覺口乾舌燥。一支M16步槍瞄準了我的胸口。

3

我看不清楚舉槍人的長相。對方戴著全罩式安全帽，穿著厚實的戰鬥服。

「雙手舉起來。」

安全帽裡傳來一個模糊的聲音。

我把手放在額頭上，動都不敢動。即使這個**祥和**的小城市出現殺人魔，也不可能是他。

殺人魔不可能在說「不許動」之後才開槍。

應該是這樣吧。

戰鬥服男子逼近我，但在我伸手也抓不到他的位置停了下來。那支槍仍然瞄準我。

「這是真槍嗎？」

我問了一個蠢問題。

「你叫什麼名字？」

戰鬥服男子對我的問話充耳不聞，反問我。

「如果我不說，你就會開槍嗎？」

我望向安全帽裡面問道。對方沒有回答，肩膀卻稍稍使力。

「冴木隆。」

我急忙報上姓名。因為我發現對方不像在開玩笑，而是真的想開槍。

「出示身分證。」

身分證——我正想反問，想起牛仔褲後口袋裡的月票，正打算伸手掏出。

「慢慢來！」

男人厲聲下令道。

我乖乖遵命，以指尖掏出月票夾，遞到對方面前。

男人終於把槍從肩上放下，左手接過月票夾，翻開檢查。

他比較學生證上的照片和我的臉孔，問：「你在幹嘛？」

「沒幹嘛……，散步啊！」

「你不知道已經宣布夜間外出禁令嗎？」

「……有妖怪嗎？」

「你再耍嘴皮——」

男人語帶怒氣。此時，背後傳來另一個人的聲音。

「喂，他叫什麼名字？」

「高三生，冴木隆。」

男人頭也不回地咆哮道。我觀察他，發現他的腰際掛著槍套。他們是真的士兵。只是不知道是哪一國的士兵。

沉默片刻，車上的另一個人說：

「他是rookie，送他回家。」

「rookie？都這種時候了，總部到底在想什麼？」

男人忿忿不平地說道。

「rookie是什麼？」

「別問那麼多，過來！」

男人抓住我的右臂。

「我們送你回家，在街上閒晃不會有好事。」

我嘆了一口氣，跟著他們走向越野車。雖然不知道rookie是什麼，但眼下還是服從為妙。

當我走到越野車旁邊時，男人問車上的同夥。

「什麼時候接到通知的？」

與他相同裝扮的同夥正專心地看著副駕駛座上的小型螢幕，旁邊有一個電腦鍵盤。

「今天。」

他咔答咔答地以指尖敲著鍵盤說道，螢幕上的資料隨即消失，我還來不及探頭張望。

「真受不了。上車！」

拉著我的男人打開後座車門命令道。

「我可以自己走路回家……」

男人轉頭，安全帽的面罩下露出一張黝黑的臉孔和冷酷的眼神。

「上車？還是死？」

似乎來真的。

「我一直想坐坐看這種**越野休旅車**呢。」

我俐落地爬上後座坐好。後座與前座隔著一道堅固的鐵網，這一側的車門沒有門把。

「開車！」

男人坐上駕駛座，關上車門。

越野車緩緩啟動。

「呃，叔叔，你們是……保安部……的人嗎？」

車子發動後，我開口問道。

無人應答。我覺得這是默認，於是繼續問：

「保安部的總部在哪裡？」

沒有回答。

「像你們這樣的人總共有多少人？」

依然沒有回答。我乾脆隨便問。

「如果我以後想進保安部，得去哪裡報名？」

「……」

「保安部的薪水高嗎？」

「……」

「進了保安部，每個人都能領到配槍嗎？」

「……」

「我會抽菸，萬一被發現，會不會進不了保安部？」

越野車突然緊急剎車，阿隆我差點撞到前面的鐵網。

男人從駕駛座下來，打開後車門。

「下車。」

我看了看副駕駛座上的男人。面無表情。

我又看了看這位打開車門的男人，也同樣面無表情。

「下車？還是死？」

我試探地問道，對方依然悶不吭聲。

沒辦法，我只好下車。那裡是「家」門口。

男人一言不發地坐上駕駛座，既沒有對我說教，也沒有任何忠告。當然，對於之前拿槍瞄準我，把我嚇得心臟縮成一團一事，也沒有半句道歉。

越野車揚長而去，留給我一堆廢氣。

當紅色車尾燈消失後，我回頭看著「家」。

的確是一棟很棒的房子。

長方形窗戶透出溫暖的燈光。明亮整潔，是愛家主義者的理想住家。

不光是這裡，城裡的每棟房子雖然外形、顏色、大小不一，但都是這種理想的家。

我閉上眼睛。

索性當成這裡的冴木隆住下去，不知道是怎樣的感覺？有溫柔的「老媽」、可愛的「老妹」，還有勤快的老爸!?

我張開眼睛。

房子仍在眼前，不是幻想，還隱約聞到了晚餐的香味。

我緩緩走向被花圃包圍的玄關。

「回來了。」

我開門說道，好奇妙的感覺。

「回來啦，跑去哪裡了？」

「老媽」正在餐桌上擺盤。

「這麼晚才回來。」

「去散步……」

「真難得。」

「老媽」這麼說，似乎不太驚訝。

我走到客廳中央，坐在沙發上，環視室內。

這裡有兩支電話，一支就在沙發旁的茶几上，另一支在開放式廚房的牆上。

「泉美回來了，正在洗澡。」

「老媽」邊忙邊說道。

「你要不要也先去洗？」

「不，不用了。」

「睡前再洗嗎？」

「應該吧……」

我注視著一旁的電話。

「晚餐吃肉丸和沙拉可以嗎？」

「這樣就夠了。」

我沒什麼食慾。

「等泉美洗好就吃飯。」

「老媽」說完，轉身背對著我走向廚房。

我伸手拿起電話。細長形的話機，按鍵就在聽筒上。

我按下按鍵，首先按了〇三，接著又按了事務所的號碼。

「老媽」依然背對著我。

按完號碼，我把聽筒放在耳邊。心跳加速。

電話彼端一片寂靜。我繼續聽了一會兒，隨後傳來嘟嘟嘟的占線聲。

我掛斷，又重新撥了一次。

還是一樣，一陣靜默之後，傳來占線聲。

我又按了島津先生辦公室的電話。那裡二十四小時都有人待命，而且不可能占線。

結果也一樣。

我放下電話。結論很明顯，這裡不是日本，至少不是能夠使用日本電話線路的區域。

抬頭一看，正面有一台電視。那是日本品牌的大螢幕電視，電視架裡還有錄影機。打開電視，或許可以找到什麼線索。我站起來。

就在此時——

「哥！」

樓上傳來一個聲音，我抬頭一看。

一個身穿T恤、外罩連帽衫、下身搭牛仔褲的女生站在二樓的走廊上，正以毛巾擦著溼髮，低頭看著我。

她就是照片上的女生，年紀和我差不多，但本人更可愛。她的肌膚光滑，曬得很健康，鼻子高挺，鼻頭微翹。

「回來啦！」

見我不說話，她問道。

「嗯嗯。」

「要不要洗澡？」

她問了和「老媽」一樣的問題。我有點暈眩，這簡直就像一般家人的對話。

我注視著她。她也以一雙大眼睛回望著我。這女孩真的很可愛，雖然可愛，但一點都不像我。

「怎麼了？」

她繼續擦著頭髮問道。

「不……，沒事。」

我說道。

「哥好奇怪。」

她說著轉身走開了，似乎打算走回盡頭的浴室。

「泉美！趕快下來，要吃飯了！」

「老媽」在廚房抬頭叫了一聲。

「好——啦。」

我趁機走近電視，把開關打開，電視頻道設定在第一台。如果這裡是東京，那就是國營電視台的頻道。

隨著沙沙的聲響，出現了空白畫面。我按了按切換鍵，接連換了好幾個頻道，卻沒看到任何畫面。

「阿隆，你在幹什麼？要看錄影帶吃飽再看。」

「老媽」說道。

「不是，我想看看有沒有什麼節目……」

我結結巴巴地說道。

「你這孩子真奇怪，現在怎麼可能有節目？」

「現在才六點……」

「阿隆，你怎麼了？不放錄影帶，怎麼可能有節目？」

「……連新聞也沒有？」

「當然啊。趕快來吃飯吧。」

我關掉電視，慢吞吞地離開電視機。

「老妹」泉美哼著歌，腳步輕快地從樓上下來。

「哥，你今天幾點起床？」

「……三點左右吧。」

「老媽」把分別裝著肉丸和沙拉的大盤子放在餐桌中央，然後把裝了飯和味噌湯的碗放在桌上。只有三人份。桌上除了那兩道菜，還有燉蔬菜和醬菜。

我正打算在「老媽」對面坐下，泉美說：

「那裡是我的位置，別跟我搶！」

我移到旁邊的位子。

「阿隆，還好吧？你起床後好像精神恍惚，是不是發燒了？」

「老媽」擔心地問道。我默默地搖頭。

「開動吧。老爸剛才打來說今天沒辦法回家。」

我看著眼前的筷子。那是一雙白色的南天竹筷子，看起來不像是新的，也不太髒，感覺像是經常使用。

「呃……」我只好吃了起來，「爸在做什麼工作？」

泉美捧腹大笑，「老媽」也一臉受不了地看著我。

「哥，你在說什麼啊？」

「對啊，阿隆，你怎麼了？」

「不，我是認真的，爸在做什麼工作？」

「別鬧了。」

「私家偵探嗎？」

「啥？」

泉美發出驚訝的叫聲看著我。

「你是不是錄影帶看太多了？爸為什麼會變成私家偵探？」

「他不是開一家冴木偵探事務所……」

「是冴木貿易。」

「老媽」糾正道。

「冴木貿易？」

「爸的公司名字，爸爸在做生意。」

「跟哪裡做生意？」

「跟世界各國啊！」

「比方說呢？」

我緊追不捨。

「美國、蘇聯，還有很多國家啊！」

「一直都是？」

「嗯，當然啊！」

我低頭看著飯菜。太奇怪了，這是真正的「家常菜」。

「哥，你沒問題吧？」

泉美大口吃飯，盯著我看。

「今天是幾年幾月幾號？」

「你在說什麼啊？」

「別管那麼多，告訴我今天的日期。」

泉美和「老媽」面面相覷。「老媽」點了點頭，泉美告訴我一個西元的日期。

沒錯，的確是那天以後又過了六天的日期。

「這裡是哪裡？」

「這裡？」

「這個城市呢？這裡是哪個國家的哪個城市？」

「真討厭，鬧夠了沒有？」

「這裡不是我住的地方。」

「你在胡說什麼啊？」

「我說了，這裡不是我熟悉的城市，雖然我叫冴木隆，但這裡不是我家。我家住在日本東京都澀谷區廣尾的聖特雷沙公寓，我讀的是都立K高中，我是那裡的高三生，我和我老爸相依為命。老爸的工作——不知能不能稱為工作——他是『冴木偵探事務所』的老闆。聖特雷沙公寓有一家名叫『麻呂宇』的咖啡店，那裡的老闆娘叫圭子，還有一個長得很像吸血鬼伯爵的酒保星野先生。此外，我有一個大學生家教麻里姊，而我的女朋友是J學院的大姊頭康子。所以，這裡不是我住的地方。」

一旦開了口，就滔滔不絕地說了起來。我一口氣說完這些話。

「老媽」和泉美一語不發地注視我。

我說完一大段話，她們仍然沒有開口，只是啞然地望著我。

然後，她們突然狂笑了起來。泉美還差點把湯碗打翻。

「哥，別再鬧了！」

「對啊，阿隆，瞧你說得一本正經，真是嚇死人了……」

這次輪到我無語。她們根本不相信。

「這是什麼？學園祭的戲碼嗎？」

「學園祭？」

「對啊，從明天開始，學校不是會停課一週做準備嗎？」

「學校？」

泉美用力點點頭。

「學校在哪裡？」

「又來了……」

泉美和「老媽」彼此互望。

「同樣的笑話一直講就不好笑了。」

「我是說真的，這裡不是東京吧？」

「當然不是。」

「老媽」說道。

「這裡是哪裡？」

泉美誇張地嘆了一口氣，斜眼看我。

「哥，你在學校裡沒學到嗎？」

「我說過了，我不屬於這裡。」

「阿隆，快吃吧！」「老媽」催促我。

怎麼會這樣？她們根本不把我的話當一回事。

我改變戰術。

「我剛才去散步時，差點挨子彈。」

「老媽」猛然看我。

「誰想傷害你？」

「穿著戰鬥服、拿槍的男人，他們說我是rookie。」

「什麼意思？」

泉美張大了嘴。

「我也想知道。rookie是什麼意思？」

「嗯……，媽也不知道。」

「他們是誰？」

「應該是保安部吧？一定是因為最近發生了很多駭人聽聞的事，他們才會採取警戒措施。」

「他們說，已經發布了夜間外出禁令。」

「對啊，保安部發出通知，在連續殺人犯被抓到之前……」

「我根本不知道——」

「所以我不是叫你在天黑之前回家嗎？」

「老媽」一臉嚴肅地說道。

「告訴我，我真的是**這個家的孩子**嗎？」

「對啊，你是我和你爸的兒子，你妹妹是泉美。」

「怎麼會這樣……」

我仰望天花板。

「哥，你不吃嗎？那我要吃嘍！」

泉美把筷子伸了過來。

「泉美……」

「好啊，給妳。」

我有氣無力地說道。食慾全無，只想大叫。

「你果然身體不太舒服吧？」「老媽」問道。

「好像是。」

才走了這麼一點路，但我覺得好疲倦。

我耗盡了體力，好像大病初癒的病人。

「要不要上樓休息？」

泉美問道。

我點點頭，緩緩地站了起來。

「飯菜很好吃，但我沒吃完，真是對不起。」

母女倆紛紛驚訝地看著我。

我離開餐桌，緩緩走向通往二樓的樓梯。

4

我睡了好久。

只記得我穿著外出服躺在床上。疲憊和震驚擊垮了我，整個人都癱了。

然後，轉眼間陷入沉睡。

睡夢中，好像有人進來張望，細微的光線透過門縫照了進來，我覺得很刺眼，好像翻了個身，然後聽到了竊竊私語。

當我醒來時，四周伸手不見五指。

我撐起僵硬的身體，看向枕邊的時鐘。

凌晨一點多。

我雙腳著地，抱著頭。雖然還是搞不清楚狀況，但噩夢並沒有醒來。

到底發生了什麼事？

我用力呼吸，從口袋掏出壓扁的香菸。

點燃，慢慢抽了一口，起身走到窗邊。

打開窗簾，看得到井然有序的街道，家家戶戶早已熄燈。

這座城市和東京不一樣，這裡的居民過著健康規律的生活。

我站在窗邊吸菸。

夜空清朗。在點點星光與皎潔的月光下，很清楚地看得到附近的房子。東京市根本不可能有這種街景。

在肉眼可見的範圍內毫無動靜。左鄰右舍紛紛進入夢鄉，連貓狗也靜了下來。這裡沒有聽深夜廣播熬夜的考生，也沒有醉醺醺地趕路回家的上班族，更沒有在車上向女生求愛的男學生。

整座城市屏氣凝神地等待早晨的降臨。

路上甚至看不見行駛的車輛。

難道是夜間外出禁令的關係嗎？

我拉出書桌前的椅子，坐了下來，托腮思考。

這座城市很美麗，但總有什麼地方不對勁，我講不出來，隱約覺得這裡缺乏人的氣息。

一般而言，縱使過了半夜，至少還會有一、兩棟房子亮著燈，或者路上有人車的動靜。然而，這裡完全沒有。

沒有笑鬧聲，也沒有叫囂，更沒有嬰兒的啼哭聲。城市裡應該有這些聲音，如果有很多居民，怎麼可能沒有這些聲音？

這裡簡直就像一座人工城市。

我暗想，赫然發現……

沒錯，這座城市就像電影布景，不知道是誰為了什麼目的這麼做，這裡打一開始就被打造成一座人工城，這裡的生活並不真實，都是演戲。

我再度頭昏腦脹。

不知道自己為何會有這種想法，難道是因為我不屬於這裡，才有這種想法？但是，我沒有任何證據。

難道——

一個可怕念頭在我的腦海裡浮現。

說不定東京的冴木隆是虛構人物，這裡的我才是真實的。

可能是因為之前撞到了頭，或是承受某種嚴重打擊，以至於產生了錯覺，誤以為根本不存在的「冴木偵探事務所」和廣尾公寓是現實。

我心跳加速，口乾舌燥，拚命回想自己在這裡生活的回憶。

經營貿易公司的老爸、溫柔美麗的老媽，還有狂妄但很可愛的老妹。

家人的回憶、在這裡成長的記憶。兄妹吵架、調皮搗蛋挨罵、同學的長相……

不，絕對不是，我不是這裡的人，我想起來的都是聖特雷沙公寓和以前的生活，我從來不知道我媽長什麼樣子。

我對於協助老爸的調查工作所遭遇到的危險、遇見美央公主，以及和康子、麻里姊的約會都記得一清二楚，那些絕對不是幻想，而是真實發生過的。

有人把我送來這裡。

結論只有一個。所有人都在唬我。

他們想讓我以為我住在這裡。

「老媽」和泉美都是一夥的。

證據呢？

「外面」——沒錯，「外面」這兩個字是線索。

我看著相隔兩戶的鄰居院子裡的盆栽這麼想。那個大叔在澆水時不小心說溜了嘴。弄清楚**外面**與這裡的關係，才是解開這個謎團的關鍵。

還有另一個關鍵字。

「rookie。」

rookie是菜鳥的意思。所以，那兩名士兵的意思是說，我是新來的。

我回想某一名士兵的話。

（rookie？都這種時候了，總部到底在想什麼？）

這種時候是什麼意思？不，先搞清楚總部到底是什麼。

「rookie」、「總部」這兩個字眼一定和這個城市的構造有關。

「這種時候」是指什麼呢？

應該是指殺人魔吧？殺人魔的出沒為這個城市帶來某種危機嗎？

那兩名士兵誇張的裝扮也是這個原因吧。M16和手槍的配備不像是警察的，而是軍人的武裝，與這座寧靜的城市格格不入。

我站了起來。

必須好好調查一下，看看這座城市的「外面」是哪裡，城市中心有什麼。

那些士兵還在街上巡邏嗎？

然而，從我醒來到現在，窗外完全沒有動靜。

即使他們還在巡邏，這次，我應該躲得過他們。

我悄悄打開房門。

屋內黑漆漆的，「媽媽」和泉美似乎睡了。

我躡手躡腳地下樓，走向玄關，輕輕打開門鎖。

走出屋外，夜晚的空氣出乎意料地冷，我很後悔沒有在衣櫃裡找一件比連帽衫更厚的上衣。

往哪裡？

先走到城外，確認這座城市的外面是哪裡。

我每一步都走得小心翼翼，但盡可能加快腳步。這座城市呈同心圓狀，我的目標是通往城外的縱向道路。

我四處觀察，留意有沒有白天遺漏的事物。

接近正圓的滿月照亮了夜路，即使沒有路燈，眼前的路也看得很清楚。

我沿著彎道外側走向縱向道路，不一會兒，微風迎面吹來。

我從連帽衫口袋裡拿出鬧鐘，因為找不到手表，只好把它塞進口袋。

我離家已經四十分鐘了。

風很潮溼，有海水的氣味。難道離海很近？

目前還看不到道路前方，縱向道路不是直線，每走一段，就會遇到一條橫向道路，像支彎曲的把手般慢慢地朝外側延伸。

離家已經一個小時又二十分鐘，我走了將近三公里的直線距離。

而且我發現路邊的房舍越來越少。

走了三百公尺左右的橫向道路，又遇到縱向道路，走了約一百公尺的縱向道路，再度來到與橫向道路交會的T字路口。

從空中俯瞰，這座城市一定很像一座巨大的迷宮，雖然沒有死巷，但每一條路都無法直線前進。

當我繞過不知是第幾個T字路口時——

眼前的視野突然開闊了起來，筆直延伸的縱向道路兩旁完全沒有房子，前方有一處黑漆漆的森林。我的位置與森林之間約有兩百公尺的距離。

終於來到了城市的外側，我加快腳步。

此時，背後傳來引擎聲。

回頭一看，車頭燈光線照在我剛才經過的橫向道路上。

車子一旦開到我站立的這條道路，我完全沒有藏身之處。

我猶豫了一下。往回走，躲到**最後一棟房子**的暗處？還是繼續往前走，衝進前方的森林裡？

車子已經接近轉角處了，再過幾秒鐘，就會出現在我身後。左右兩側都是整過的平地。

我往前衝去，背後的引擎聲越來越大聲。

跑，快跑。我咬緊牙關，不顧一切地拔腿狂奔。

如果早點遇到那輛車，到處都是藏身處——我在心裡咒罵並全力衝刺。

黑漆漆的森林越來越近，我感受得到車頭燈正經過轉角處。

我在千鈞一髮之際衝進了森林。強烈的光柱貫穿毫無遮蔽物的道路，照進森林裡。

密林中有許多巨樹，樹幹之粗，連人也抱不住，腳下踩的柏油路成了潮溼的泥土。

車頭燈在林間穿梭，照進了深處。

我在樹林裡逃竄，跑到一棵大樹後面，背部緊貼著樹幹。

口袋裡的鬧鐘不小心掉了出來。

我想接住，但晚了一步。鬧鐘撞到突出地面的樹根上，發出聲響摔壞了。

鐘面的玻璃裂開，裝電池的後蓋也飛了出去，還掉出一顆四號電池。

燈光正好照在我藏身的那棵樹幹上，我屏住呼吸，正想伸手卻停住了。

那輛車有聚光燈，轉來轉去，照亮了樹林。一定和傍晚送我回家的那輛越野車同款。

鐘面的玻璃碎片閃閃發亮。

會被發現嗎？

我半蹲著不敢呼吸，鬧鐘就在我腳下，鐘面朝向一旁。

我一動也不動地看著鬧鐘，現在稍微動一下都很危險。

此時，我看到從鬧鐘裡摔出來的電池，上面有印刷字。

那不是日文，也不是英文，有不少反寫的英文字母R。是俄文。

老爸唯一的專長就是精通外文。可能是在跑單幫時期學的，所以，我家有不少各國的原文書籍。

其中也有蘇聯發行的雜誌，我曾經在那些雜誌上看過反寫的R。鬧鐘裡裝的是蘇聯製的乾電池。

燈光離開了我躲藏的那棵樹，對方似乎沒發現我。

我從樹幹後方悄悄探身，往道路的方向張望。

果然沒猜錯，越野車停在道路盡頭，車頂上的聚光燈正轉動著，照亮了樹林。

我蹲下身撿起鬧鐘和電池，蓋上後蓋，拂掉泥土，再塞回口袋裡。鐘面的玻璃碎裂，電池也蹦了出來，但鬧鐘本身並沒有故障。

越野車在樹林裡照了一陣子，緩緩掉頭，駛向來時路。

他們似乎不是在找人，只是例行巡邏。

我確認越野車駛過縱向道路的轉角後，才從樹幹後面走出來。

我打算繼續往深處走去。

森林裡樹木茂密，光線昏暗，越往裡面走，越看不到腳下的路。

我被絆到好幾次，還差一點摔倒，但我還是沒開手電筒。如果在漆黑的樹林裡點燈，應該在遠處就看得到。

樹林很深，深幅絕對超過一百公尺。我兩手和膝蓋上都是泥巴，連滾帶爬地向前趕路。一度被橫伸的樹枝打到額頭，一屁股跌坐在地上，好一會兒站不起來。

終於，樹林的盡頭出現了。

我走到這裡，停下了腳步。

樹林的盡頭有一道高達三公尺的鐵網圍籬，圍籬的頂端裝滿了帶刺鐵絲。

我原本想爬上去，最後還是決定沿著圍籬走。或許某個地方有出口。

我沿著面向樹林外側的圍籬走著。而圍籬的外側也是樹林，遮住了前方的視野。

走著走著，我聽到圍籬外面傳來聲響。

嘩啦嘩啦的巨響很像海浪聲。

我繼續往前走，圍籬外面的樹林突然消失了，前方變得一片遼闊。

我把臉靠在圍籬上。

那是一片黑壓壓的海水。前方是斷崖，海浪在遙遠的下方翻騰。

放眼望去一片海洋。

我無力地蹲下來。

這座城市建造在孤島上。

黎明的殺人魔

不思議國度的打工偵探

1

我不知道在圍籬內側蹲了多久。

當我終於有力氣站起來時，遠方的深藍色天空抹上一層宛如牛奶白的微光。

我沿著圍籬往來時路緩緩走去。

在心裡自問自答。

第一個問題。

這裡是哪裡？

找不到答案。總之，這裡被大海包圍，如果不是島嶼，就是某半島的前端。

在日本嗎？

應該不是。即使收訊狀況再差，不可能所有電視頻道都收不到影像，也聽不到聲音，一定是被動了手腳。

所以，這裡是國外嗎？如果在國外，到底是哪個國家？

不知道。至少在這裡和我說話的人都使用日語，從外表判斷，他們應該是日本人或其他亞洲人。

汽車、電器和衣服等物品可做為判斷國籍的憑藉。

我穿的牛仔褲是美國製造或由美國授權生產的。至於車子，車庫裡那輛Golf是西德製的，越野車和五十西西機車是日規產品，電視和CD音響也是日貨，而文字、香菸和貨幣都屬於日本所有。

由此可知，這裡應該是日本國內的某座島，或是很靠近日本的島嶼。這裡的氣候也和日本的氣候差不多。

但是，鬧鐘內的乾電池是蘇聯製品，即使這座島與日本有密切關係，也不能斷定就在日本或日本附近。

我已經走回森林入口的那條路附近。

那輛越野車早已不見蹤影，前方只看得到籠罩在夜色下的房舍。

我踏上那條路，繼續自問自答。

第二個問題。

我被囚禁在這裡嗎？

算是，也算不是。

至少沒被監禁在某個房間，也沒有人阻止我出門。

越野車上的男人的確威脅過我，強行把我送回家，但他們並不是為了我才這麼做。這座城市目前正施行類似戒嚴令的「夜間外出禁令」，由於我違反規定，那些男人才會威脅我。換句話說，他們在巡邏時遇到任何人都會這麼做，並非針對我個人。

這麼說來，我沒有被囚禁嘍？

非也。至少我現在無法和外面——老爸與島津先生聯絡。

只要這裡不是一座大監獄，不，即使是，也應該有某種管道能與外界取得聯繫。

但是，這裡並不像東京市或日本其他城市一樣，在家裡或街頭就能聯絡。當然，這只是我的想像。

也就是說，並非完全沒有方法，只是受到了限制。

這一點也符合我目前的狀態。

我雖然沒被監禁，但行動受到限制。

第三個問題。

這一切是誰主導的？

這個問題沒有答案。假設這裡並不是隨處可見的一般城市（最好的證明就是駕駛越野車的士兵，還有「夜間外出禁令」），而是基於某種目的打造的城市，有某個人或組織正明確地操控一切，只是我不了解這個人或組織是何方神聖。

第四個問題。

有辦法了解嗎？

應該有。比方說，「老媽」和泉美，還有相隔兩戶的那位大叔不可能毫不知情。當然，能不能從他們口中問出實情又另當別論。

第五個問題。

為什麼我會在這裡？

物理性的原因很清楚，就是有人趁我昏迷時，把我送來這裡，但這麼做有什麼目的？

一個可怕的想法在我腦海裡浮現。這裡有一個長得和我一模一樣，也叫冴木隆的少年，這個少年掛了或瀕臨死亡，所以把我找來當替身。「老媽」和泉美並不知情，以為我就是這裡的阿隆。

但仔細一想，不可能有人和我長得一模一樣，就連姓名、父親的名字也完全一樣。以機率來說，也是無限接近零。

既然這樣，「老媽」和泉美為什麼把我當成家人？

這個問題和整起事件有密切的關係。

為了讓我以為自己是這裡的居民嗎？

不對我做任何說明，也不提供任何資訊嗎？

如果一覺醒來，突然成為某個陌生城市裡的人，還多出陌生的家人——無論誰遇到這種情況都會抓狂吧？

我這麼一想，才發現這種狀況實在很可怕。這裡的人把我當成是「這裡的冴木隆」，而且，如果我逃不了，那該怎麼辦？

在這座城市第二次醒來時所感受到的不安和恐慌又出現了，如果繼續下去，情況可能會越來越危急。

這座城市是為了讓我陷入這種狀態而打造的嗎？

不可能。

在打工期間，我身為老爸的助理，不可能不與人結怨。當然，也有不少人惹毛了我。

但如果只是為了報復，這一切也太大費周章了。在黑街裡，只要砰地一槍，或唰地一刀就解決問題了。況且，在跑單幫客的世界裡，還有不能飲恨而終的規則。雙方展開對決，必須當場分出勝負。

那個世界雖然稱不上公平，卻貫徹著宛如運動比賽般的遊戲規則。

我想到這裡，恍然大悟。

這股支配這座城市的奇妙不真實感，和跑單幫客的遊戲規則有某種交集。

特意建造這麼大規模的人工城市的理由，絕對與跑單幫客有關。

我快走到「我家」的那條馬路，沿途沒看到半輛車，也沒見到任何人。

眼下只能繼續觀察這座城市的情況——我暗想。「媽媽」和泉美說謊，換句話說，她們在演戲，所以不可能輕易告訴我原因。

然而，其中一定有某種理由，這種狀態只要持續下去，我的立場一定會產生變化。

考慮到出席天數和畢業證書之間的重大關係，我其實沒有充裕的時間，但是現在也只能靜觀其變，看看其他人對我的態度有什麼改變。

我希望在這裡扮演冴木隆的這段期間，另一個冴木隆每天乖乖去都立K高中上課。

如果因為這件事導致我無法在三年內順利結束高中生活，無論對方是誰，我都不會饒恕的——我下定決心。誰敢阻礙勤奮好學、前途無量的年輕人，將會被打入十八層地獄。

好傢伙，做好心理準備吧！

第二天，我睡到中午才起床。

「哥，真愛睡懶覺。」

我正在洗臉，鏡子裡出現泉美的臉。

我拿毛巾擦臉，回頭看她。她穿著運動上衣和棉質短裙。

「媽已經出門了，她說爸打電話來，叫她過去幫忙。」

「幫忙？幫什麼忙？」

「不知道。可能是記帳之類的吧。媽叫我幫你弄早餐……」

我放下毛巾，盯著泉美。

「妳會做？」

「你在講什麼啊!?媽不在的時候，不是每次都我弄？」

我點點頭。反正她也不可能突然下毒。

我來到一樓飯廳，坐在飯桌旁，茫然地看著泉美在廚房裡的身影。

「喏，咖啡！」

那只馬克杯是英國瑋緻活（Wedgewood）的高級品。

「牛奶和糖在那裡。」

「——我喝黑咖啡。」

泉美的動作停了下來，背影抖了一下。

「我要吃炒蛋，不要荷包蛋。」

「我知道，培根要煎得很脆吧。」

「答對了！」

這是二分之一的機率，答對了也沒什麼好驚訝的。

「有報紙嗎？我想看看富士三太郎。」

「哥，又在胡說什麼，報紙明天才會來。」

泉美尖聲說道，隨即傳來「滋」的一聲和香噴噴的味道。

「怎麼這麼晚？是不是該去投訴一下？」

「報紙都是爸爸每天帶回來的。」

「那就不能看電視節目表了。」

「電視只能看錄影帶，不管是新聞報導、電影或ＭＴＶ……」

這座城市真不方便。

「泉美，妳學校今天也放假嗎？」

「對啊，跟你們一樣，要準備學園祭。」

泉美把裝有炒蛋和培根的餐盤放到我面前。

「有義式蔬菜湯，要不要喝？」

「嗯。」

我喝了一口湯，頓時驚歎不已。超——級好喝，可媲美「麻呂宇」星野吸血鬼伯爵的廚藝。

「妳煮的嗎？」

「對啊。」

「太讚了。」

泉美嫣然一笑。她的笑容很可愛，我這個做哥哥的快忍不住動邪念啦！

我開始吃早餐，泉美拿著一樣的馬克杯，在我對面坐下來問道。

「哥，今天想幹嘛？」

「沒幹嘛，可能到附近走走……。」

「要不要騎腳踏車？我來做便當。」

一時之間，我看著泉美，不知怎麼回答。

通常，像我們這種年紀的兄妹，感情都不會好到哪裡去。我雖然沒有真正的妹妹，但聽班上有妹妹的同學說，他們幾乎不跟妹妹說話的。

「一起去吧。」

泉美轉動著骨碌碌的眼珠，探頭看著我說道。

「去哪裡？」

「海邊。」

「海邊？」

「對，媽他們今天會晚一點回家——」

「爸也會回來嗎？」

我打斷了泉美的話。不曉得回來的「老爸」是什麼樣子。

「不知道，爸很忙的。」

「是喔，去海邊幹什麼？」

「烤肉啊，可以帶食材去。」

海邊——或許有助於了解這座城市到底是什麼樣的地方。

「好啊！」

「太好了！那我來準備，天黑以前趕不回來就糟啦！」

泉美立刻起身。看來，這個家的阿隆似乎和妹妹的感情很好。

在我吃完早餐之前，泉美已經把烤肉食材裝進了保冷箱。

「我先去上廁所。」

我上了二樓，在房間裡抽了根飯後菸，換上牛仔褲、T恤和飛行夾克後下樓。

泉美已準備妥當，一臉迫不及待地在門口等候。

今天也是個晴朗的好天氣。

走到門外，泉美打開了車庫門。

昨天看到的那輛Golf箱型車不見了，牆邊有一輛昨天被車擋住而我沒看到的協力車。

「每次都是你坐前面，今天換我。」

泉美說著，把保冷箱固定在行李架上，坐上前面的座椅。

有道理。如果由我帶路，根本不知道該騎去哪裡。

我坐上後面的座椅，回頭望著「我家」。泉美離開時沒鎖門，這樣沒問題嗎？或許這是個小城市，不必擔心家裡遭小偷。

我重新檢視玄關，連塊門牌也沒有。

「走吧！」

泉美說完便踩動踏板，我們在我昨天經過的路上騎了一會兒。

「泉美、阿隆，午安！」

當我們經過那棟綠色房子時，那位大叔又在替盆栽澆水。今天是一株相當高大的植物。

「午安。」

泉美笑著朝他點點頭。

「你們要去哪裡？」

去原宿的竹下通買東西——我原本想這麼說，但還是回答：

「騎車兜風。」

「去海邊烤肉……」

泉美說道。

「是嗎？記得天黑以前回來哦。」

大叔點點頭。又來了。這裡的殺人魔好像是夜間出沒的吸血鬼。

泉美騎的路線和我昨晚走的不一樣。

她在橫向道路上騎了一陣子，不久，便騎上一條穿越樹林的路，那條路我曾在照片上看過。

「要不要休息一下？」

泉美回頭問道，我點點頭。

我們停車，倚著大樹幹休息。樹蔭下涼風徐徐，感覺很舒服。

「離海邊還很遠吧？」

我問道。泉美搖搖頭。

「快到了，啊，好舒服。」

泉美眯著眼，拉拉上衣領口搧涼，我不小心瞥見那裹著胸罩的雪白胸部，不禁移開視線。

神啊，請寬恕我，居然對妹妹有這種非分之想。電影裡好像都是這麼演的吧。

穿過樹林，眼前就是海邊。

那裡正好是圍籬的缺口處，沿著坡道往下走，有一片岩石區和小小的白色沙灘。放眼望去淨是湛藍的海水，那裡有一處海灣，海浪平靜地拍打著岸邊。下坡道在中途變成了凹凸不平的路，我們滿頭大汗地推著腳踏車前進。

「終於到了。」

一到海邊，泉美大叫，一屁股坐在岩石上，迅速脫下鞋襪，光著腳踩進岩石區的水窪裡。

「好舒服！」

的確很舒服。如果在東京，即使騎機車去海邊，也很難找到這麼漂亮的沙灘。不管去哪裡都塞爆了，湘南海岸更是布滿了商家、速食店。

這裡才是真正的私人海灘。

我暫時忘了自身處境，和泉美捕螃蟹、抓小魚、挖貝殼，在海邊盡情享樂。

泉美很會挖貝殼。她一身健康膚色似乎就是熱愛戶外運動的成果。

玩累了之後，我們休息片刻，開始準備烤肉。

「哥，你把帶來的東西放在這塊石頭上。」

泉美說完，便消失在樹林裡。不一會兒，她抱著一大堆足以當柴火的枯葉回來。

我默默地看著泉美接下來的處理。

她把枯葉放在兩塊乾燥的石頭之間，點火。出門時，她在保冷箱裡放了防水火柴。

接著，她把細樹枝丟進火堆裡。隨著火勢越來越大，她丟的樹枝也越來越粗。她並沒有一口氣加太多樹枝，以免堵住通氣口。

她的動作既靈巧又熟練，我在一旁看了，感覺她一個人露營也沒問題。

「可以烤嘍！」

泉美回頭對著看傻眼的我笑道。我們把帶來的食材串好，架在火堆上烤著吃。她連拿刀的動作也很有架勢，她的能幹讓我感覺我們的立場好像顛倒了。

我有生以來第一次在海邊吃烤肉，美味得令人難以置信。

2

我睜開眼睛，看著枕邊的時鐘。

凌晨兩點四十分。

我悄悄起床，穿上牛仔褲和連帽上衣，外罩一件飛行夾克。

家裡靜悄悄的。我們回來以後又過了一個小時，「老媽」回來了，「老爸」今天還是沒回家。「老媽」帶了ＭＴＶ和全美籃球賽的錄影帶回來。

我問她這些錄影帶是從哪裡弄來的，她笑著回避了問題。

錄影帶都沒有日文解說。

晚餐過後，我們看錄影帶，泉美充當翻譯。我不由得感到佩服。

「哥——，誰教你不用功。」

泉美說道，連「老媽」也對我「說教」。

「對啊——，你還要再用功一點才行呀。」

好新奇的體驗。

從小到大，從來沒人對我說教，也沒人叫我要「用功」。因為涼介老爸根本沒有資格對他人說教。

不知道老爸好不好？他會不會擔心我，四處尋找我的下落？

我坐在床上，茫然地想著。

不思議國度的第二天即將結束。

所有的對話內容都很空洞，也無法確定彼此的關係。

一切都是虛假的。這一點我很清楚。

然而，這座城市的漂亮街景和自然風光，讓我有一種奇妙的安逸感。

這裡沒有聯考戰爭。雖然是假象，但很祥和，還有我從未體驗過的家庭溫暖。

話雖如此，我也不可能一直留在這裡。

我站起來，把鬧鐘塞進夾克口袋。

總之，我必須深入了解這個城市。

我悄悄走出房間。

屋裡很暗，沒有人起床走動。

走出玄關，我朝市中心方向走去。

我在橫向道路上走著，然後在縱向道路轉彎，一直朝環狀路的圓心方向挺進。

家家戶戶一片漆黑，越往內側走，環狀街道越窄小，房子也越來越少。
我走到一半，看到一輛保安部的越野車，趕緊躲了起來。
對方還在巡邏。
我離家走了大約三十分鐘，終於看到一家店。
那是一棟橫長形的扁平建築物，玻璃櫥窗內側的百葉窗已拉下。
旁邊有一家加油站。
商店和加油站都沒有人，我四處尋找留有線索的文字。
我找到幾處寫了字的地方，但有各種文字，除了日文、英文和俄文，還有韓文，以及看起來像蚯蚓的阿拉伯文。
這裡似乎住著世界各國的人。
完全看不到任何公共電話或海報，找不到任何與外界聯絡的方法。
我離家一個小時之後，終於來到市中心。
縱向道路已經變成了下坡道，市中心宛如一只大碗公的底部。
那裡有洗衣店、洋酒行，以及掛著以好幾國文字寫著「暫停營業」看板的酒吧。我從「商店街」得知，這裡是市中心。
這兒還有香菸自動販賣機，使用貨幣是日圓，但價格只有日本貨的一半。販賣機裡面還有好幾種我沒見過的香菸品牌。

我買了一包七星淡菸補貨。

「商店街」後方有一棟堅固的雙層樓建築，乍看之下像座倉庫，差不多比「我家」大五倍。出入口是一道玻璃門，裡面亮著燈。那棟建築物還有地下停車場，看得到裡面停著越野車。

我躲在洋酒行的招牌後方，看到一輛結束巡邏的越野車駛入那棟房子的地下室。那裡似乎就是「總部」。

我拚命克制想潛進去一探究竟的欲望。不知道裡面有多少人，也無法預料萬一被逮，會有什麼下場。總之，今晚查到「總部」位在市中心已經不虛此行了。

如果這座城市位於島上，所在位置應該不在船隻或飛機的定期航線上。

即使偶有船隻經過，島上的房子也會被四周的森林遮蔽，外人無法窺知裡面的情況。

「總部」那棟建築並不高，一定是為了避免被外人發現。

也就是說，世人根本不知道這座城市的存在。

當我從「總部」朝「我家」反方向走了一段路，發現一塊以高聳圍籬圍起來的空地時，更堅信這個假設的正確性。

那裡是機場，有幾條看起來像跑道的大馬路交錯，也有幾棟供飛機停放的庫房，但完全看不到任何標示國籍的旗子或貌似海關的房舍。

即使飛機降落，機組人員也可從圍籬的大門大搖大擺地走進市區裡。

市中心的建築物屋頂上裝有雷達，但沒有任何國籍的標示。

我緊抓著圍籬，觀察機場內部好一陣子。

視野所及的地方並沒有飛機或直升機。

保安部成員坐著吉普車在機場內來回穿梭，但只是例行性巡邏，並沒有特別警戒的模樣。

當然，我不可能因為無人警戒就爬過圍籬，潛入機場內部，逃離這個城市。

即使在停機庫裡發現中型飛機或直升機，我又不會駕駛，就連該往哪個方向飛行也搞不清楚。

在吉普車發現我之前，我離開了圍籬。搭飛機並非離開這裡的唯一途徑，既然這裡四周環海，一定有船舶停靠的港口。

但今晚已經沒有時間察看全島的情況了。

天快亮了。

此時，我注意到機場內部突然陷入混亂。一盞又一盞的照明亮了起來，跑道在夜色中浮現美麗的線條。

機場內並沒有響起警笛聲，但顯然在準備迎客。

不久，頭頂上響起轟隆聲，我盡可能躲在燈光照不到的地方觀察，想看清楚降落的飛機。

在無數聚光燈的照射下，出現了一架細長的白色巨型飛機，在空中盤旋準備降落。

我倒抽了一口氣。

那不是客機，而是如假包換的轟炸機。

而且，那是現在絕對看不到的舊式螺旋槳轟炸機；也是美軍曾經在日本投下原子彈的B29轟炸機。

我聽到「卡噹」一聲，立刻停下腳步。

聲響從右前方那排房子的方向傳來。

我已經走到「我家」前面那條路，第四、五棟就是「我家」。

我立刻閃到左側房舍後院的圍籬旁。那道圍籬高約一公尺，長滿了一種很像玫瑰的植物，幸好沒帶刺。

我躲進圍籬的缺口，朝聲響的方向張望。

夜空已泛白，但天色還沒亮。

凌晨五點剛過。

這個時間，即使想晨跑也太早了。

我屏住呼吸，定睛細看，發現一棟房子的門被打開了，不是正門，而是後門。

那是一棟被漆成綠色的平房，院子裡還有排放盆栽的花台。

我想起來了，是那個經常和我打招呼的大叔的家。

門打開後，出現了一個模糊的高大身影。對方四處張望，然後輕輕關上門。

剛才的聲響是從內側把門鎖打開的聲音。

我盯著那道人影。對方戴著全罩式安全帽，頭部看起來特別大，身上的迷彩裝也很眼熟。

那是戰鬥服，和越野車上的士兵裝扮一模一樣。

身穿戰鬥服的人影朝我的來時路快步走去，迅速遠離。

直到那道人影被房舍擋住、完全看不見了，我還在原地不動。

不一會兒，遠處傳來車子發動引擎的聲響。

我從圍籬探頭，看到一輛車沒開頭燈，從兩百公尺遠的縱向道路駛往市中心。

車速相當快。由於太暗，我看不清楚車種。

我從圍籬下爬出來。

難道那一戶有人在保安部工作，一大早就出門上班嗎？

假設如此，把車子停在離家那麼遠的地方也太奇怪了。

我茫然地看著那棟綠色房子的後門。

門沒有關緊，還留有幾十公分的空隙。

有點不對勁。

所有事都不對勁。直覺告訴我，剛才看到的景象很不尋常。

最聰明的作法，就是趁**家人**起床前溜回「家」，鑽進被窩。

顯然，由於「保安部員工」在上班前忘了把門關好就引發好奇心並非明智之舉。最重要的是，我在這裡**晃來晃去**還是冒著被發現的風險。

然而，我不由自主地走向那棟綠色房子的後門。

那個穿制服的人顯然是擔心被別人看見，所以不敢把車子停在這棟房子前面，而是停在遠處。

如果只是出門上班，需要這麼小心翼翼嗎？而且，從服裝上來看，對方不擔心被抓，而是專門抓人的一方。

大門也被漆成了綠色。和其他房子一樣，木製門旁邊並沒有顯示住戶姓名的門牌。

屋內沒開燈，門後靜悄悄的，一片漆黑。

我猶豫了起來，到底該不該進去。萬一裡面的人正好起床，就算是「鄰居」，也很難解釋清楚吧。

此時，屋內隱約飄來一股氣味，令我大感驚訝。

我在打工時期，曾聞過這種氣味。

那是火藥味。

而且，不是煙火的味道，而是槍彈的無煙火藥味。

我不知不覺挺直了背，緊張感貫穿全身，胃袋好像被揪緊。

有人在屋內開過槍。

難道在家裡練習射擊？失眠的時候，拿槍瞄準牆上的污漬來取代數羊雖然是紓壓良方，但在這個對「殺人魔」聞之喪膽的城市裡，這種行為顯然對鄰居太不厚道了。

我悄悄開門。

豎耳傾聽。

沒有動靜，一片死寂。

我試著以口技模擬「咚咚咚」的敲門聲。

無回應。

「早安！」

我稍微提高音量，但以隔壁住鄰聽不到的程度說道。

還是一片寂靜。

我踏入屋內一步，無煙火藥味越來越濃烈。

方才裡面並非只開了一、兩槍。

我來到的是廚房，流理台整理得很乾淨，旁邊有微波爐和冰箱，還有和房屋外觀同色系的綠色碗櫃和餐桌。那位大叔似乎很喜歡綠色。桌旁擺著相當於一個人高的觀葉植物盆栽。

前方有扇門虛掩著，隔開廚房和起居空間。當我的眼睛適應黑暗後，發現裡面是客廳，擺著一組沙發（也是綠色）和一張咖啡桌。

我走向那扇門。

客廳裡有四張單人沙發，就擺在面向前院的窗戶下方。這個空間裡也有好幾個盆栽。

窗戶關著，綠色窗簾也拉上了。那窗簾很厚重，外面的光線透不進來。

我走進客廳，停下了腳步。

沙發後方露出一雙穿著綠色睡褲的腿，那雙腿在地板上伸得筆直。

「早安！」

我對著那雙腳說道，卻沒有回應。

我繞過沙發。

雖然做好了心理準備，但還是差點尖叫出聲。

穿著綠色睡褲的大叔倒在地上，臉朝向側面，雙手朝下。後腦杓和腹側部位有一大攤血。

他的腹側中槍，似乎在倒地後，腦袋又挨了一槍。

我望著屍體愣住了。

當我終於回過神時，才發現客廳還有其他門。

除了通往廚房的那扇門以外，還有兩扇，其中一扇關著，另一扇敞開。敞開的門內有兩張並排的床。

一個金髮女人滑落在一張床旁邊。

這個白種女人應該是大叔的太太，年約三十多歲，胸口和額頭各中了一槍。

我感到一陣噁心。雖然不是第一次看到屍體，但從沒見過遭到如此無情殘殺的屍體。

「這是職業殺手幹的。」

有人說道。我聽到後才發現是自己的聲音。

我站在屍體前面自言自語。緩緩後退，自言自語。

「槍槍擊中要害，這絕對是職業殺手所為。」

我雙腿發抖，拚命忍住想大叫並跑出去的衝動。

怎麼辦？

這裡沒有一一〇，即使通知保安部，我看到的人影根本就是保安部的員工。

我發現屍體，卻找不到合適的人通知。

我用力呼吸，火藥味和血腥味很刺鼻，讓我差點嘔吐，趕緊捂住了嘴。

我從沒遇過這種情況。以前發生流血衝突時，老爸都在身邊，從不曾像這次獨自一人被捲入殺人事件。

鎮定，要鎮定。

我告訴自己。我在這個城市沒有朋友，也沒有敵人，只能靠自己。所以，我必須自行判斷，採取行動。

先離開這裡再說。

我沒有觸碰屋內的任何東西，走回後門。

如果沒記錯，門把是我唯一碰過的地方。我以連帽衣的下襬擦去門把上的指紋。

輕輕關門，和剛進來時一樣，僅留下一條縫隙後溜回馬路上。

我像剛才那個男人一樣四處張望。

左鄰右舍並沒有人醒來的跡象，窗戶都拉上了窗簾。
我用力呼吸戶外的空氣，反胃的不適感稍微減緩了一些。
我快步走回「我家」，不能讓「老媽」和泉美發現我偷溜出來。
我躡手躡腳打開玄關的門，走進屋內。
裡面很暗很安靜。她們好像還在睡。
我悄悄上樓，走到自己的房間門口，握住門把，正要進去。
「哥……」
我愣住了。
一身睡衣的泉美打開房門，探頭看我。

3

我回望著泉美。她小聲叫我，並沒有驚動「媽媽」。
泉美悄悄地走出房間，站在我面前。她穿著泰迪熊睡袍，不像是剛睡醒的樣子。
「你剛才去哪裡？」她小聲問我。

「進房間再說。」

我指了指敞開門的室內。我們既然不是親兄妹，我很好奇泉美會怎麼回答。

泉美說：「如果要講事情，去我房間吧。媽就睡你隔壁，會被她聽到。」

她的表情很嚴肅。我詫異不已，於是點點頭。

泉美的房間和我的差不多大，床和書桌的擺放位置也差不多，不同之處，就是她和其他小女生一樣，在房間裡放了布偶和美國青春偶像瑞凡．菲尼克斯（River Jude Phoenix）的海報。

「坐吧。」

泉美請我進房，反手關上門，指著書桌說道。

我拉出書桌下的椅子，面向椅背跨坐著。泉美在床上坐了下來。

房間裡隱約飄著一股甜香，那是泉美的長髮散發出來的洗髮精香味。

「你的外套沾到泥巴了。」

聽到泉美這麼說，我低頭看向肚子。一定是在機場外面攀抓圍籬時沾到的。

我從連帽上衣口袋拿出鬧鐘，放在桌上。

泉美看著我，瞪大了眼。

「為什麼把這個帶在身上？」

「因為我找不到手表。」

泉美微微皺眉。她長得很可愛，做這種成熟的表情特別好看。

「你剛才去哪裡？」

「去附近散步。」

「騙人，這附近根本沒有泥巴。」

「好吧，告訴妳，我剛才跑去殺人。」

泉美驚訝地倒吸了一口氣。

「騙人的吧!?」

「真的，用我最愛的布朗寧手槍，裝上滅音器砰砰砰地幹掉兩個人。」

「好低級的笑話。」

「監視老哥又有多高尚？」

泉美怒氣沖沖地瞪著我。她微微揚起下巴，目光炯炯地直視著我。

「我才沒有監視你。」

「那妳怎麼知道我出門了？」

「因為我看到你從大門偷溜進來。」

「我進門時，為什麼不叫我？」

「怕吵醒媽啊。」

「妳在罩我嗎？」

「……」

泉美沒回答。

「妳又不是我妹，或許妳真有一個哥哥，但那不是我。」

「怎麼還在講這些？」

「假裝生氣也沒有用，我相信妳心裡明白。」

「好吧，你既然這麼說，那我就去叫醒媽，把你偷溜出去的事告訴她。」

「好啊，順便告訴她，我幹掉了鄰居大叔和他太太。」

「什麼意思？」

「……」

我注視著泉美，沒回答。她看起來乖巧，但個性很倔強，眼神深處隱藏著不安。我感受到她的膽怯。

「有兩個人被殺了，就是相隔兩戶那棟綠色房子裡的人。」

泉美倒吸了一口氣。

「騙人！」

「是真的，我親眼看到屍體。」

「怎麼會……」

「我散步時，看到那戶人家的門敞開著。我探頭張望了一下，發現有人倒在地上，就是我們白天遇到的那個大叔和他的金髮太太。」

泉美張著嘴，不知想說什麼，卻說不出來。

「他們被槍殺，各挨了兩發子彈。大叔的腹側和後腦杓中槍，他太太是胸口和額頭——」

「別說了。」

泉美一副快哭出來的表情。

「別再說這些了。」

「這裡遇到命案時，由誰負責調查？誰會去採集指紋，四處探聽情況？」

「哥不是知道嗎？昨天傍晚不是才遇到他們？」

「保安部？」

泉美無力地點點頭。

「能不能告訴我一件事？」

我問道。泉美抬起頭。

「這個城市至今發生過幾起命案？」

「三起。包括你看到的在內，就是四起了。」

「兇手還沒抓到嗎？」

泉美點點頭。

「被殺的都是哪些人？」

「都是這裡的居民。第一起是彼得遜家族，住在城裡另一端的白人家庭。接著是一個不知道叫什麼名字的獨居老人，然後是格德諾布先生和他女兒。你看到的是李先生和他太太。」

「原來李先生不是日本人。」

「嗯，不知道他是哪一國人，也不知道他說的是不是真名。」

「什麼意思？」

「這裡的居民都一樣，只是住在這裡而已，國籍和真名只有自己知道，不會告訴別人。」

「這裡到底是什麼地方？」

「就是一個城市，我們稱為『town』。」

「town？」

「這個城市的居民來自世界各地，他們都在這裡生活，生兒育女。雖然生下來的孩子長大後會到外面的世界闖蕩，但最終還是會回來。」

「我聽不懂。」

「我不知道要怎麼解釋。」

「妳是在這裡出生的嗎？」

泉美無力地搖搖頭。

「卻住在這裡？」

「嗯。」

「這裡有多少人口？」

「不知道。這種事只有總部知道。」

「總部在哪裡？」

「市中心。」

「如果去總部，就能夠知道很多事嗎？」

「如果他們願意告訴你的話。但我想他們不會說的，應該也沒人會問。」

「那可不一定。妳為什麼這麼認為？」

「我不能說。」泉美小聲說道。

我嘆了口氣。

「妳的真名叫什麼？」

泉美正想回答，窗下傳來嘰嘰嘰的剎車聲。

泉美起身拉開窗簾。

幾輛黑色越野車停在那棟綠色房子前面，幾名制服男子下車，拿著M16戒備著。

其中一人正與一名身穿運動服、看似居民的男子交談。運動服男回頭指著我們這棟房子。

制服男點點頭，走向其中一輛越野車。

「是保安部的人。」

泉美說道。

「他們一定發現屍體了。」

我說道，但情況好像沒這麼單純。

制服男從駕駛座的窗戶拉出一具對講機，正在說些什麼。

剛升起的朝陽反射在他的黑色安全帽上，有一種令人發毛的感覺。

「rookie是什麼意思？」

「就是被帶來這裡的小孩，從嬰兒到十八歲的青少年都叫rookie。」

「為什麼被帶來這裡？」

「接受教育。」

「什麼教育？」

泉美正想回答，拿著對講機的男人召集分散各處的士兵們。

所有士兵同時跑向我們這棟房子。

「慘了！他們過來了。」

泉美叫了起來。

「我離開那戶人家走回來時，應該被別人看見了。」

「趕快回房間裝睡，不然他們會把你抓走。」

「被他們抓走會怎麼樣？」

「不知道，可能會被『處分』。」

「處分該不會是……」

「快快快！」

士兵已經繞過庭院，開始包圍這棟房子。玄關的門鈴響起。

「糟啦！」

我衝出泉美的房間，再衝進自己的房間。

就在同時，「老媽」房間的門打開了。

我脫下連帽上衣和牛仔褲，鑽進被窩裡。

「哪位？」

走廊上傳來「老媽」的應門聲。

「我們是保安部，快開門！」

傳來「老媽」下樓的聲響。

一眨眼工夫，樓梯上傳來好幾個人的腳步聲。

我的房門被用力打開，幾名全副武裝的男人衝了進來，拿著槍對準坐在床上的我。

「不許動！」

我舉起雙手。

「起床，穿上衣服！」

最前面的男人揮動手上的槍命令道。

「為什麼？」

「不許發問，衣服穿好，跟我們走。」

我誇張地打了一個呵欠。

「可是我有**低血壓**，早晨容易頭暈……」

男人退後一步，向待命的其他士兵示意。

那名士兵往前一步，以一把好像銀色手槍般的東西抵在我肩上。

「我這就起床——」

那名士兵扣了扳機，手槍後方有一個像活塞的裝置發出噗咻聲，我同時感受到肩膀一陣刺痛。

我睜大了眼，盯著開槍的士兵。他身後還有三名士兵，「老媽」和泉美站在房門旁邊。

沒有人說話。

我想再看一眼開槍的男人，卻失去了知覺。

睜開眼睛，只看到白色的天花板。

頭痛欲裂，我慌忙閉上眼。

「起來！」

一個聲音命令道。

我再度睜眼，循著聲音的方向看去。

一個身穿保安部制服、體格壯碩的男人站在我面前，拿著注射器。

看到他手上的注射器，我終於知道發生了什麼事。

之前，那把銀色手槍一定是麻醉槍。剛才，那個男人又替我注射了清醒劑。

我坐起來，腦袋昏沉沉的。

床是白色的，牆壁也是白色的，簡直就像牢房，其中有一面是鐵籠般的鐵格門。

「帶走！」

男人退後一步命令道。兩名穿白袍的壯漢從兩側架著我，把我從床上拉起來。

我的下半身不知道何時被換上牛仔褲，但光著腳，沒穿鞋襪。

手拿注射器的男人拉開鐵門。

我來到走廊上，發現有一整排鐵門，這裡簡直就是監獄。

走廊的地板和天花板都被漆成白色，地上有一條筆直的橘線，他們沿著這條線拖著我往前走。

我想觀察左右兩邊，但被兩名壯漢架著，根本看不到其他牢房裡有沒有人。

走廊的盡頭有一扇門，走在前方的男人把門打開。

那是一個水泥房間，裡面只擺了一張木椅。

椅子前方有一面玻璃鏡，那張椅子以螺絲固定在地板上。

我被押上那張椅子，兩側的扶手分別有連著鐵鍊的手銬，我的手腕被固定在上面。

接著，那幾個男人走出去，房間裡只剩下我。

門關上了。

這個房間陰森森的，如果不是讓我在這裡看電影，就是要拷問我。

我轉頭觀察室內。

那面鏡子應該是魔術鏡，鏡子上方的聚光燈照亮了室內。這個房間沒有窗戶。

我不知道鏡子彼端有沒有人，但還是對著鏡子說：

「你們做的事明顯違反了兒童福利法，立刻釋放我！」

語畢，我豎起耳朵聆聽。無人應答。

過了一會兒，聚光燈啪地關掉了。

房間內伸手不見五指，只有從門縫透進一絲光線。

「哇，誰？你是誰！想幹什麼？不要，不要啊！」

我大叫了起來，隨即發出好像快死掉的慘叫。

當我停止慘叫時，燈光又啪地亮了起來。我抬起頭，朝著那面鏡子笑了笑。這是諧星的職業意識，任何時候都不會讓觀眾失望。

燈光再度暗了下來。

我稍微鬆了一口氣。當這盞燈再度亮起時，應該會有人向我解釋把我拐來這個異常城市的理由吧。

比起莫名其妙被捲入「辦家家酒遊戲」，眼前的狀況令人安心多了。

我終於振作了起來。因為我有預感，比泉美和「老媽」更了解狀況的人即將出現。

我盡可能維持舒服的姿勢，努力消除頭痛——我決定小睡一下。

4

燈亮了。我隔著眼皮感受到強烈白光，便抬起了頭。剛才不算睡著了，只能說是打了個盹。

「冴木隆。」

不知道鑲在哪裡的揚聲器傳來聲音。

那光線格外刺眼。我眨了眨眼，努力讓眼睛適應燈光。

膀胱快脹破了。

「冴木隆。」

揚聲器再度發出聲音。

「有何貴幹？」

我瞪著鏡子說道。

「為什麼殺死李氏夫妻？」

「為什麼把我帶來這裡？」

「再不回答，你會後悔的。」

「我已經後悔了。以後不抽菸了，也會乖乖上學，讓我回廣尾吧。」

「那把凶槍丟到哪裡去了？」

「呃……」這也未免太扯了，我忍不住說：「我可沒興趣射殺無冤無仇、素昧平生的夫婦，我只是一大早去散步而已。屍體雖然是我發現的，但人不是我殺的。況且，我來這裡之前，殺人魔已經犯下三起命案了。」

「好吧！那你說說你看到了什麼。」

「我可以告訴你們，但有一個條件。」

「我們不會和你談條件。」

「這樣不好吧！你那裡有幾個人？」

「無可奉告。」

我舔了舔嘴唇。

「可以叫負責人過來嗎？我會把看到的通通說出來。」

「不可能和你談條件。」

「那就無可奉告了。」

「我們準備了吐實劑，但你要做好心理準備，可能會從此變成廢人。」

「不知道你們有什麼目的，可能是覺得我太可愛，才忍不住把我綁架過來。如果這麼做，到時候後悔的可是你們。」

阿隆正在打腫臉充胖子。

揚聲器靜了下來。

過了一會兒，揚聲器傳來另一個人的聲音。

「我是負責人。」

那聲音很低沉，但很有磁性，好像在哪裡聽過。

「你說吧！」

「我們單獨談，不能讓第三者聽到。」

「有這個必要嗎？」

「有。」

「好，等一下。」

聚光燈突然暗了下來，鏡子彼端的燈光亮了起來，後方出現一個男人的輪廓。

「這樣可以嗎？我把錄音機關掉了，這裡只有你和我。」

我瞇起眼睛，觀察逆光下的輪廓。魔術鏡後方是一個空蕩蕩的房間，據我觀察，的確沒有其他人。

「我看到兇手了。」

「真的嗎？」

「真的，但在我告訴你之前，先回答我的問題。」

「帶你來這裡的理由嗎？」

「看來，你真的是負責人。不笨嘛！」

那個身影沒戴安全帽，也沒穿軍服，一身普通西裝，個子很高大。

男人吃吃地笑了起來。

「果然沒讓我失望，你很聰明，也很有膽量。」

「不瞞你說，我快尿出來了。」

我可沒說謊。

「帶你來這裡有兩個理由，第一，希望你在這裡成長。」

「為什麼？」

「一言難盡。你必須知道，這裡很特殊。」

「怎麼說？」

「這裡是聖域。這裡的居民及其家人都希望拋棄過去，確保生活安全無虞。」

「所以都是罪犯嘍？」

「犯罪這個字眼的定義與這個城市存在的目的無關，法律是由國家制定，國家依此來決定行為是否犯罪。而這塊土地超越了國家，所以不具任何意義。」

「頭好痛。」

「也就是說，這裡不屬於任何一個國家。換句話說，也可稱為一個獨立國家。」

「你是這裡的國王嗎？」

「我的確是建國者之一。」

「回到剛才的問題，讓我在這裡成長對你們有什麼好處？」

「我剛才也說了，這塊土地非常特殊，超越了國家，來這裡的人並不是你所說的罪犯，而是某方面的專家。正因為他們是專家，所以被世界各國利用、背叛，甚至生命受到威脅。這裡可以讓他們安靜度日，無論他們來自哪一國，只要想在這裡生活，我們就不會拒絕。」

我漸漸了解了。這裡是跑單幫客退休後的「隱居地」。

「結果，這裡的居民都是這方面的專家，這些人雖然已經退休，大多人仍能夠運用專業技術和實戰經驗，或是以指導者身分傳授這些一流技術和經驗。想要成為這樣的專家，才能很重要。至於如何培養這種才能呢？毫無疑問，就是血統。這些專家的子女得自父母的遺傳，一流的血統再加上一流的指導者，將創造出更優秀的專家。」

「所以，你們在這個城市培養……？」

「沒錯，在這裡培養的人才，無論到世界各地，都不需要再接受任何訓練，馬上就能投入工作。而且，不會受到愛國情操的驅使，或是擔心祖國的家人受到威脅等束縛，成為真正的專家。專家無論在任何國家、任何陣營，都可以出色地完成任務。」

我重重地嘆了一口氣。這男人若不是妄想狂，就是聰明絕頂的無政府主義者。

「你打算把我培養成間諜嗎？」

「你擁有一流的天分，只要在這裡成長，便能成為這座城市前所未有的一流特務。」

「開玩笑吧！」

「一流的特務並不是間諜，間諜這個字眼讓人聯想到在黑暗、骯髒世界裡打滾的人；一流的特務是優秀的外交官，也是足以改變歷史的齒輪，掌握著數千萬人的命運。不過，特務與政治人物不一樣，絕對不會在世界上留名。」

「我還不打算找工作……」

「當然，你必須在這裡接受幾年教育，才能成為獨當一面的特務。」

「不好意思，我對這一行沒興趣。」

「被帶來這裡的年輕人並不是每個人都想當特務，但在接受教育之後就會覺醒，並產生熱情，渴望發揮自己與生俱來的才能。」

這不是覺醒，而是洗腦。我不寒而慄。這男人的思想果然很危險。

「為什麼憑空塞給我一個媽媽和妹妹？」

為了避免談話內容越來越奇怪，我改變了問題。

「因為想了解你被送到這種環境會有怎樣的反應。扮誰就要像誰，與陌生人像家人般一起生活，這是身為特務最低限度的專長。」

「這麼說，我不及格了。」

我從來沒有因為不及格這麼開心。

「不，你及格了。你的適應力很驚人。」

失望。

「我們派了保安部以外的人觀察你，發現你半夜從家裡溜出去，想調查這座城市。而且，你相當小心謹慎，並沒有讓『家人』起疑，表現得可圈可點。」

「既然這樣，你們應該知道人不是我殺的！」

「很遺憾，監視你的人昨晚在中途跟丟了，所以，不能證明你沒殺人。」

「真是個沒用的傢伙！」

「你說對了，真的很沒用，這對那個跟監者來說也是個考驗，但成績卻和你截然不同，那個人不及格。」

「不及格會怎樣？留級？還是退學？」

「這個問題與你無關。」

等一下！我恍然大悟。能夠逐一監視我行動的人——

「那個人是泉美嗎？」

「……」

男人沉默片刻，看來我猜對了。

泉美沒睡，我溜出去的時候，她跟蹤我。

「我很驚訝，你實在太優秀了。」

「你打算怎麼處置泉美？」

「目前還沒決定，但我相信你應該已經了解，這個城市的特務教育，被要求必須掌握一流的技術，無法達到標準的人，將會受到嚴厲的懲罰。」

「無法成為一流會怎麼樣？」

「將會面臨嚴重的後果。」

「她說她不是在這裡成長的。」

「她的親生父母已經死了，雖然稱不上是一流，但曾經是優秀的特務。當時她在孤兒院，她希望我帶她過來。」

「她來到這裡以後，應該後悔了吧！」

「一旦知道這個地方，也認識了這裡的居民，就不允許離開。」

「簡直莫名其妙！」

「這不是莫名其妙，從這個城市誕生的特務都是以偽裝的身分活躍在世界各地，我們當然不允許知情的人離開這裡。」

我沉默不語。不難想像，這裡具有專門偽造護照和身分證的一流設備。在我沉睡的那段期間，對方已經做好了我的學生證、我與泉美的合照。

「你不想聽聽第二個理由嗎？」

影子男問道。

我忘了。他剛才提過，把我帶來這裡的理由有兩個。

「那就說來聽聽吧。不過，能不能先讓我上個廁所？這條牛仔褲不是我的，總不好意思把人家的褲子弄髒。」

「可以，等一下。」

這一側的聚光燈亮起，影子男消失了。

門開了，剛才那兩名白袍壯漢走進來，解開我的手銬，讓我站了起來。

「出來。」

其中一人走在我前面，另一人跟在我身後。

我們又回到了畫橘線的走廊上。

廁所在「牢房」前面。我上廁所時，其中一個白袍男也站在我身後。

總算通體舒暢。我以自來水洗手洗臉，廁所裡連條毛巾、連塊肥皂也沒有，真是簡陋，很難想像與那些整齊美觀的房子在同一個城市裡。

我以T恤擦拭手和臉。

「動作快。」

白袍男戴著口罩，發出模糊的聲音。

「這裡至少也放一些紙巾嘛。」

「再教育者不需要那種東西。」

「再教育者？」

「別問這麼多。」

我在鏡子裡朝他扮了個鬼臉。一流的人不會這麼蠻橫，他才需要再教育。

「走吧。」

「好啦，好啦。」

他不耐煩地戳戳我的背，走出廁所，在外面等候的另一個白袍男正好背對著我們。

此時，我從男人背後瞥見被關在第一間「牢房」裡的人。

「泉美！這不是泉美嗎？」

我大叫。裡面有一個綁馬尾的女孩，正垂頭喪氣地坐在床上，聽到聲音，猛然抬起頭。

我衝到鐵門前。

「妳怎麼會在這裡？」

「哥！」

泉美叫道，這才驚覺不對，趕緊住嘴。此刻已不需要假扮兄妹了。

「幹什麼？不許交談！」

其中一個白袍男抓著我的肩膀，我甩開他。

「妳是因為監視失敗，才被關在這種地方嗎？」

泉美睜大眼睛注視著我。

「回答我！是不是？」

「快走！」

男人飛撲過來，左臂勒住我的脖子，把我緊抓鐵門的右手扯下來，再反轉我的手臂。

性情敦厚的阿隆，忍耐也是有限度的。我已經受夠了莫名其妙被推來推去、被打針、被指使的待遇。

我猛然轉身，蹲了下來，甩開白袍男的左手，接著把他的右手朝外扭。白袍男慌忙轉身，試圖甩開我。

我立刻放手，抬起右腳，後腳跟正好命中白袍男的屁股。

背對著我彎身的白袍男一號宛如一枚火箭衝了出去。

他的頭撞到了牆壁，發出咚的一聲悶響。

「媽的！」

白袍男二號撲了過來。我右手做了一個直拳的假動作，左手使出一記勾拳，直擊他的太陽穴。

但他果然受過訓練，並沒有倒下，只是身體晃了一下。

「死──小鬼！」

額頭通紅的白袍男一號站了起來。

「抓住他。」

二號說著，想繞到我身後。我猛然轉身，一個後旋踢，命中一號的下巴。

哐噹。隨著一聲巨響，一號撞上了泉美那間牢房的鐵門。

我正打算轉身面對二號，但晚了一步。

他從背後把我架住了。

「揍他！」

二號男大叫。一號男搖搖晃晃地站起來，還噴出了鼻血。

一號男出右拳，命中我的肚子。我繃緊腹肌迎接他的拳頭，但還是很痛。

一號男並沒有立刻揮出第二拳。我和一號男互瞪。我想踹他，但二號在我背後伸出腳絆住我，害我失手。

就在這時，一號男的第二拳打了過來，我毫無準備，身體彎了下來。

「別打他！」

泉美大叫。

第三拳擊中我的左臉。我的嘴唇破了，鮮血濺了出來。

「住手！拜託別再打了！」

「死小鬼不想活了，揍他！」

二號男力大無比地架住我，大聲咆哮。

第四拳再度打中我的左臉。我已經不覺得痛，只感到一陣灼熱。

二號男鬆手，我癱倒在地。

「這小鬼真狂妄，用藥好好伺候他！」

一號白袍男從口袋裡拿出銀色麻醉槍。

「冴木！」

泉美抓著鐵門，低頭看著我。

麻醉槍抵住我的脖子。

「你們在幹什麼？」

兩個白袍男聽到聲音，頓時愣住。我以模糊的視線看向聲音的方向。

一個穿西裝的高大男人叉開雙腿站在那裡，低頭看著我們。

我瞪大了眼，這個人我認得。

是粕谷。

他是老爸的哥哥。

拿手科目是「射擊」

不思議國度的打工偵探

1

「為什麼這麼衝動？一點都不像你。」

這個男人——老爸口中的粕谷問我。我們正在「拷問室」隔壁的房間，牆邊擺滿了錄影機、錄音機和不知有何用途的分析儀器。

魔術鏡另一側擺了一張長沙發，面向鏡子，一支麥克風從天花板懸吊而下。

粕谷坐在沙發上抽著雪茄，抬頭看著眼前的我。

「我受夠了被人指使。」

我說道。他還是一副令人討厭的瀟灑模樣，穿著一套有光澤的深綠色西裝，繫著淡黃色針織領帶。

「該不會是歇斯底里發作吧？」

「眼前的情況，即使我歇斯底里也沒什麼好驚訝的。」

「別讓我失望，你是這個城市最受期待的rookie。」

我聳聳肩。

「就算是職棒的選秀也有拒絕的權利，跑單幫客一點都不好玩。」

「幹偵探就很有趣嗎？」

「我只是在幫我老爸。當時到底發生了什麼事？」

「你昏過去的時候嗎？」

我點點頭。如果把這個做作大叔的潔白門牙打斷，心情應該會很暢快。當然，他不好對付。

「你還記得那場槍戰嗎？」

「嗯……，老爸想打你。」

「沒錯。這時，又出現另一組人馬，那群人想要我的命。冴木一開始以為是我的保鑣，也因此救了我一命。你被那輛車撞到，滾到我腳邊。我立刻拿你當擋箭牌，阻止冴木繼續對我開槍。不要覺得我卑鄙，是冴木先開槍的。」

我緊咬著唇。他說的對，老爸想殺他。

「我們把你帶上車，冴木果然沒有再開槍，他擔心誤傷到你。我們離開現場，襲擊我的那票人馬潰散，冴木也受傷了。」

「他的傷勢怎麼樣？」

「你擔心嗎？」

「好歹是我老爸。」

粕谷斂起下巴注視著我，眼神很冷漠。

「我勸你趕快丟掉這種無聊的人情，冴木並不是你的親生父親。」

「我知道，他還是個痞子、色胚、懶蟲和爛人。」

粕谷嘴角泛笑。

「但是，他比你值得信賴。」

笑容消失了。

「他是個喪家犬。」

「是嗎？你不也是自身難保，所以才會向島津先生求助？」

「當時你也在場？」

我露出微笑。

「只有國家公權力來找過我老爸，老爸他可從沒向國家公權力求助過。遇到不想接的案子就直接嗆回去，而且他從不帶保鑣。」

粕谷露出苦笑。

「你們這對父子真奇怪，你雖然在罵冴木，但看得出來你很喜歡他。」

「是嗎？那我是不是該考慮刷點腮紅？」

粕谷搖搖頭說：

「冴木沒死，後來在醫院失蹤了，目前下落不明。」

老爸一定在找我。想到這裡，心情輕鬆了不少。粕谷似乎看透了我的心思。

「沒錯，他現在一定拚了老命四處找你，但他不可能找到這裡的。你被注射藥物，沉睡期間被帶來這裡。」

「結果害我腦漿融掉一半，差點就和妹妹發展出『禁忌之愛』。」

「看來你很喜歡泉美。」

「聽說在這個城市很難建立穩定的關係，只好近水樓台嘍。」

粕谷吃吃笑了起來。

「好吧，那就讓泉美跟著你。」

「兩人從此在這裡過著幸福快樂的生活……」

我聳聳肩。

「不是這個意思，我要你們兩個協助我。」

「……」

我盯著粕谷。

「阿隆，這就是你來這裡的第二個理由。目前這個城市正面臨危機，但危機並不是來自外界，而是存在於內部。有人正在這裡大開殺戒。」

「可以打一一〇報警。」

「我不是在開玩笑。」

「我沒打過一一〇惡作劇電話，倒是捉弄過老處女英文老師。」

我吐出舌頭哈哈地喘氣。粕谷的眼神第一次顯露怒氣。

「你這種態度似乎是來自冴木的不良影響。我把話說清楚，你只有兩條路可走。協助我，或是在這裡接受嚴格的再教育。如果無法獲得令人滿意的成績，我會讓你忘記這個世界上還有自由這兩個字。」

他拐彎抹角地威脅我。

「**那樣的話**，也不能和泉美展開『禁忌之愛』了？」

「那當然。」

「你到底要我做什麼？」

「逮到殺人兇手。」

「殺人魔傑森？還是《猛鬼逛街》的佛萊迪？」

「什麼意思？」

「聽不懂就算了。為什麼找上我？」

「你是從外面來的，沒有殺人動機，可以斷定你是清白的，其他居民都信不過。而且你好像知道兇手的情況，不是嗎？」

沒錯。他的思路直截了當，並沒有拐彎抹角。

我緩緩地吸了一口氣。

「所以，你的意思是要我在這裡當偵探？我這個業餘的，要在一個都是退休行家的城市裡當偵探？」

粕谷點點頭。

「答對了。或許我高估了你，但我認為你能夠勝任。你是這個城市唯一業餘的，反而會有什麼新發現。」

「專家看不到，反而是業餘的看得到？」

「內行人往往容易陷入既定模式的盲點，這次的敵人並沒有依循固定模式犯案。」

「搞不好他只是抓狂，想見血而已。」

粕谷搖搖頭。

「沒那麼簡單。你也看過屍體，應該知道不是瘋子所為。」

「不要再讓我回想起當時的事，我快要吐了。」

「是血讓你想吐嗎？」

「不是。」

「是手法俐落？」

我點點頭。

「我就說吧！那種手法絕對不是瘋子幹的，是專家有目的地執行計畫。」

沒錯。正因為這樣，我才想吐。

「我和專家對決，不可能有勝算。」

「我不是要求你跟兇手對決，我會派保安部的高手支援你。」

開什麼玩笑。我目擊的兇手穿著保安部制服，如果對方不是喬裝，那給我保安部的保鑣不正等於引狼入室嗎!?

「我、我不需要保鑣。」

我慌忙說道。粕谷瞇起眼睛。

「你是不是知道些什麼？」

「我看到兇手了，雖然只是影子。」

「真的嗎？」

「對方穿著保安部制服。」

粕谷倒抽一口氣，似乎相當意外。

「真的是保安部的人？」

「不知道，我只知道安全帽和制服是真的。」

「這件事你告訴過其他人嗎？有沒有和泉美提過？」

我搖搖頭。

粕谷重重地嘆了口氣，望向半空中。

「對方也看到你了嗎？」

「如果被看到，我現在應該是一具屍體了。」

我嗆了一句。粕谷微微點頭。

「好，那給我一點時間。」

「你會釋放我嗎？」

粕谷看著我。

「你不能離開這座城市，但我們不會把你關起來。要不要吃早餐？」

我露出冷笑說：「我一個人沒胃口。」

「好，那就讓泉美陪你。」

我點點頭，贏了一局。我能不能離開這裡，全在粕谷的一念之間。

我被帶到樓下的咖啡廳，自助式餐廳內提供咖啡和三明治之類的輕食。

咖啡廳有大約二十個座位，三名穿制服的男人坐在角落喝咖啡。他們都是上了年紀的白種人。看來，還真有不少人從那一行退休。

我坐在另一端喝咖啡吃著熱狗，泉美被一個白袍歐巴桑帶進來。那個歐巴桑是東方人，但不是日本人。搞不好這裡沒幾個日本人。

泉美無力地坐到我對面，歐巴桑丟下我們便走了出去。

我環視四周，那幾個制服男人不時瞥向這裡，但他們聽不見我們的交談。或許是時段的關係，咖啡廳內沒有其他客人。

這一層樓與剛才的樓層可能都在地下室，四周沒有窗戶。

我把另一份咖啡和熱狗推到泉美面前。

「吃吧。」

泉美輕輕搖頭，看到我大口吃熱狗，她無力地說：

「這種時候，你還吃得下。」

「我正在發育。」

「你的臉都腫起來了。」

「沒事，皮肉傷而已。」

泉美受不了地睜大眼睛。

「我只是在打腫臉充胖子，其實很想哭。」我說道。

「到底哪一個才是真的？」

「不知道，可能是我在自暴自棄。」

「為什麼你這麼看得開？」

「這是天生的。往壞處想又沒辦法解決問題。」

「我們會被怎麼對待？」

泉美雙手捧著紙杯，擔心地問道。

「去當殺人魔的誘餌。」

她驚訝地看著我。

「真的嗎？」

我點點頭。

「妳認識粕谷嗎？」

「粕谷……」

「長得很帥，但很做作的大叔。」

「校長嗎？」

泉美恍然大悟地說道。

「原來他是校長。」

「你真的不知道？」

泉美難以置信地皺眉，我雙手一攤。

「我真的對這個城市一無所知。」

「原來你真的是rookie。」

「如果妳指的是新來的菜鳥，我的確是。當然，我很想馬上離開這裡。」

「這麼說，你早上在我房裡說的那些話不是騙人的。」

「我又不打算把妳，為什麼一大早要在女生床上說謊？」

「我原本以為你也在接受考驗。但我還是對你說了實話，所以得接受再教育……」

「開什麼玩笑，自從上次期末考之後，我還沒考過試呢！我的數學不及格……」

「他是這裡的學校校長，負責教育管理部門，在保安部也很有權力，是打造這座城市的成員之一。」

「帶妳來這裡的也是他吧。」

「嗯，聽說他現在還是頂尖的自由特務。」

「自由的另一層意思，就是失業中。」

泉美搖搖頭。

「他很厲害，據說能夠和美、蘇的情報機構平等交易。年輕時，人稱天才特務。」老爸該不會是因為嫉妒，才想取他性命吧。我這才想起，粕谷完全沒提到老爸是他「弟弟」。

「我想跟校長做一筆交易。」

「交換什麼？」

「妳和我的自由。」

「自由……」

泉美喃喃自語，好像第一次聽到這個字眼。看到她的反應，我知道粕谷沒騙人，不禁怒不可遏。

我不知道他有多了不起，但是打造這種城市，把背叛、陷害等等跑單幫客的伎倆傳授給十幾歲的青少年，實在太過分了。

「妳的真名叫什麼？」

我問了早上來不及問的問題。

「泉美·簡·坎貝爾。」

「原來泉美是妳的真名。」

「對，但我一直沒用……」

「妳幾歲？」

「十七。」

我伸出右手，泉美納悶地看著我的手。

「我們同年紀，握個手吧。」

泉美戰戰兢兢地和我握手。

「妳做的烤肉太讚了。」

「不恨我嗎？我騙了你。」

「怎麼可能恨妳。」

「我還聽從校長的命令監視你。」

我聳聳肩。

「妳沒辦法違抗他的命令。」

泉美的嘴角終於浮現笑容。

「隆是你的真名嗎？」

「是我本名，我叫冴木隆。」

泉美笑得更開心了。

「太好了，那天烤肉我也很開心。雖然是校長命令我帶你出門，但我第一次那麼開心。因為，這裡沒有和我同年紀的人。」

「學校裡也沒有嗎？」

「沒有。全校總共才八個學生，而且從小學生到高中生都有。」

「所以，學園祭根本是胡扯的嗎？」

「對，但學校放假是真的。」

「能不能告訴我，我被帶來這裡時，上面要求妳怎麼做？」

「校長說是考試，那個演媽媽的女人和我被選上了，我們奉命把你當成家人一起生活。校長的目的是想觀察你對這個城市和我們有什麼反應，看你適不適合當特務，同時也要考驗我們能不能扮演好變身的角色。」

「變身？」

「就是偽裝的身分。一旦當上特務，被送到其他國家時，必須與陌生人扮演夫妻或家人。比起單身男女，攜家帶眷比較不會被懷疑。」

「以前也遇過這種事嗎？」

「我沒去過其他國家，但每隔三個月，就要與不同的人過家庭生活。在這段期間，必須觀察其他成員並寫報告，看對方有沒有扮演好家人的角色……」

「每隔三個月？這麼說，住家、爸爸、媽媽每一次都不一樣嗎？」
「教育生都是這樣。」
「太誇張了。」
我驚訝不已。成天在這種虛偽的家庭中生活，性格絕對會扭曲的。
「這種非人道的教育方式是誰想出來的？」
泉美正想回答，看了我身後一眼，立刻閉嘴。
「是我。」
我回頭一看，粕谷就站在身後。
我瞪著他。
「你的教育只會培養出無法相信別人的扭曲心靈。」
「特務除了自己，不會相信任何人。」
粕谷大言不慚地說道。
「那不想當特務的人呢？」
我忿然咆哮，終於能體會老爸不想讓這種人活在世上的原因了。
「這個城市不需要這種人。」
「不需要的時候，會怎麼處置？」

我從粕谷話中感受到一股不寒而慄的冷酷，忍不住問道。

「這和你無關。你們跟我來，到我辦公室再談。」

粕谷面不改色地答道，泉美表情僵硬地起身。

我強忍怒氣，也站了起來。

2

他的辦公室位在咖啡廳往上三層樓處，也就是這棟兩層建築的頂樓。

我知道我目前正在昨晚「散步」時看到的那棟很像倉庫的橫長形房子裡。換句話說，這裡是「總部」。

從這間位在角落的辦公室，看得到沿著上坡道而建的城市。

辦公室裡有張巨大的辦公桌，桌上放著傳真機和對講機，以及電腦螢幕。

我和泉美坐在辦公桌對面的沙發，沙發與辦公桌之間放了一個直徑約一公尺的巨大地球儀。

粕谷在桌旁交抱雙臂，直視著我們。

「你們好像對彼此很了解。」

「這不是考試吧？」

泉美小聲地問道。

「這不是考試，這位冴木隆是真正的rookie，對town一無所知。所以，只要妳不告訴他，他甚至不知道哪裡有什麼。」

泉美看著我，然後將目光移向粕谷。

「校長，我該怎麼做？」

「聽從阿隆的要求，當他的助理。」

泉美半信半疑地凝視著粕谷。

「這個房間裡沒有竊聽器，即使妳把內心的想法說出來，也不會影響妳的成績，放心吧！」

「你想讓他做什麼？」

粕谷輪流看著我和泉美。

「協助我逮捕連續殺人犯。」

「等一下，」不等泉美開口，我插嘴道：「如果我揪出兇手，麻煩讓我和她恢復自由身。」

「什麼意思？」

「就是你聽到的意思。我要離開這裡，至於她願不願意離開，由她自己決定。」

「泉美除了這個城市以外，沒有故鄉可回去。」

粕谷冷冷地說道。

「這得由她決定，不需要現在回答。」

泉美正想說什麼，我接著又說：

「等抓到兇手之後，再由她自己決定。」

粕谷苦笑了起來。

「你沒有資格跟我談條件。」

「是嗎？你剛才不是說了嗎？在這個城市，我是你唯一值得信賴的人。」

粕谷倒抽一口氣。

「我考慮一下。」

「我相信你已經考慮夠了。我才不要被綁架，還得被訓練成間諜。」

「我知道你會提出這種條件。」

「那就更簡單了。」

「你好像很有把握逮到兇手。」

「完全沒有。」我搖搖頭，「但我見過兇手，兇手可能也察覺自己被看到了。」

如果兇手真的是保安部的人，當然會這麼想。

「你想讓自己當誘餌嗎？」

「如果沒有其他方法的話——」

「真有膽量，對方也是你認同的行家。」

「所以，我才需要她的協助。」

我看著泉美，泉美詫異地看著我。

「泉美只是教育生。」

「但她是未來的行家。」

「你想讓她保護你嗎？」

我點點頭。

「看來，你很中意泉美。」

粕谷語帶嘲諷地說道。

「不，她是我在這個城市裡唯一信任的人。」

我直視粕谷說道。

「我說錯了嗎？」

我的視線從他身上移開。

「好，你喜歡就好。」

「你真的認為我能保護你嗎？」

我們搭保安部的越野車回到「我家」，泉美問我。「老媽」不在，她的戲分結束了，或許就下台一鞠躬了吧。「我家」只剩下我們倆，顯得格外空蕩。

我們在一樓飯廳的餐桌旁，對坐著喝咖啡。

我聳聳肩。

「兇手是行家，你也看到了。」

「被幹掉的不也是嗎？」

泉美咬著嘴唇。

我打開那份剛離開「總部」時，粕谷交給我們的被害人名單。

第一名被害者是人稱「天使彼得森」的格奧魯格．萊恩哈多爾，六十五歲的東德人，年紀小他三十歲的太太和兩歲的兒子也被殺了。萊恩哈多爾是由東德「投奔」到西德，最後被送去美國當間諜。之後，他在美國認識了他太太，厭倦了間諜工作，背叛祖國並投靠美國。在協助ＣＩＡ之後，擔心遭到伙伴報復，於是來到town，尋求安全的避風港。

電腦上的資料是這麼介紹的。

我看完才意識到這下慘了，默默地把第一張名單交給泉美。不出所料，她看了之後臉色發白。

「校長為什麼把這份資料……？」

「他不想讓我們離開這裡。在這座城市，居民的背景是最高機密吧！」

「對啊，大家不會互相打探，總是佯裝不知情。即使是鄰居，也不能主動打聽對方自我介紹內容以外的資訊。」

她重重地嘆了一口氣，盯著彼得森的資料。

「我完全不知道彼得森先生原來是德國人。」

我繼續看其他資料。

「第二名遇害者也是德國人。這位八十歲的爺爺名叫凱尼希，是個虐殺猶太人的納粹分子，也是國際通緝的戰犯。」

泉美默默地點點頭，我繼續讀下去。

她口中那個叫格德諾布的人名叫亞歷克斯·格德諾布，是從美國被送去波蘭從事反蘇運動的成員，真實身分是間諜，六十三歲。一九五〇年代，在波蘭從事破壞活動，身分差點曝光，詐死之後逃離波蘭。在以色列住了一段時間（他不喜歡美國），但適應不了當地的氣候，便離開了以色列來到town。

最後一名遇害者是被我發現的李，本名格安．吉村，越籍日裔，五十八歲。越戰爆發時，他同時向南越及北越提供情報，並中飽私囊。恢復自由身之後，在東南亞地區活躍。擅長毒殺，喜歡從自己栽培的植物中萃取毒素提煉，目前因涉嫌殺人被東南亞四國通緝。

「這四人都有轟轟烈烈的經歷，一旦踏出這個城市一步，隨時都有可能被幹掉。」

我驚訝地說道。反間諜、納粹戰犯和專門從事破壞活動的間諜，還有自由殺手，除了像泉美這種教育生以外，這個城市的每個人都曾經與人結仇。

「不然他們怎麼可能來這裡？」

泉美小聲地說道。

我看著她，叼了一根菸。總算可以光明正大地抽菸了。

「妳怎麼會來這裡？」

「我原本待在夏威夷的孤兒院。那裡雖然是碧海藍天的天堂，但我對未來沒有夢想，比起住在美國，我更希望在日本生活，因為我父母至少有一個是日本人。但我沒錢，一直以為沒機會了。此時，剛好遇到校長，他收留了我。校長說，他是我死去爸爸的朋友，又是日本人……」

「這是什麼時候的事？」

「一年半前。」

泉美看著我說道。

「這個城市有多久歷史了？」

「不知道……，應該有十年了吧。」

「除了校長，還有誰有權力掌控這座城市？」

「不知道。每次都是校長以負責人身分出現。」

「建造這座城市的經費從哪來的？」

「由最初來這裡的人提供。現在，世界各國都有金援。比方說，有些國家需要間諜，本身卻沒有間諜學校；有些國家想使用這裡的畢業生；也有些人把國家或組織裡的錢偷偷挪過來，為日後移民來這個城市做準備。」

「還有這種人？」

「都是一些信不過別人的人。在這裡，只要有錢，完全不受法律和愛國心的束縛。」

愛國心！聽到這個與我同齡的女生說出這種話，我不禁大驚。

長這麼大，我還沒講過「愛國心」這個字眼。

「那要如何與外界聯絡？」

「原則上，這裡的居民被禁止與本地事業無關的外界聯絡。這裡的電話只能在市內互打，如果想和外界聯絡，必須打到總部，由總部轉接，而且必須由總部核准。」

「交通呢？」

「有機場和港口。不過，教育生在『畢業』之前，是沒辦法知道這個城市位在地球的哪裡，所以我也不清楚。」

「你們在學校裡都學些什麼？」

「跟蹤方式、甩開跟蹤的方法，解讀密碼、外文、喬裝成外國人的方法、組裝和分解對講機，以及在海上、山上和沙漠裡的求生術……」

「難怪妳在生火烤肉時，手腳那麼俐落。」

泉美哀傷地笑了笑。

「還有射擊、使用刀械、徒手或用毒……殺、人、的方法……」

她越說越小聲。那所學校簡直就是間諜養成中心；我也沒辦法開玩笑說，這些課程比日本史和數學有趣多了。

這些都不是能向別人誇耀或有助於大學聯考的科目，泉美在這裡所學的，都是離開這裡之後必須付諸實踐的技術。

沒有人發自內心樂於學習殺人的方法。我背脊發涼。即使學了，也不想實際運用。

這個世界上，不可能有人想成為殺手。

「一個女生學這些東西，是不是很可怕……」

泉美快哭出來了。我猛然驚覺，即使在這裡是「常識」，但要向來自外界的人啟齒，而且還是個男生，對泉美來說，也是莫大的痛苦。

「妳也是無可奈何啊。」我說道。

「謝謝！」

泉美噙著淚水露出微笑。

看到她的模樣，我不由得想抱住她，但還是克制住了。

還不是時候。

接下來，我和泉美必須與兩個敵人——這個城市和殺人魔——奮戰。

「——接下來有什麼打算？」

我默默喝著咖啡，泉美擦了擦眼淚問道。

「保安部的人應該都知道我們被釋放了吧？」

「對啊……」

我抬起頭。

要求我們協助的粕谷，為什麼要放了我們，讓我們回到這個家？只有一個理由，就是讓我們成為誘餌。然而，此刻並沒有埋伏在四周、等候兇手上門的士兵。

「要不要去外面透透氣？整天窩在家裡無聊死了。」

我說道。

泉美露出納悶的表情，但聽到我堅定的語氣，便站了起來。

我們拿著咖啡杯走出家門，坐在玄關前面的草皮上。

夕陽西下，房子拉長的影子投射在井然有序的馬路上。

我又點了一根菸，四處張望。

並沒有像是在監視我們的車輛或人。

泉美坐在我旁邊抱著雙膝，下巴抵著膝蓋，茫然地盯著草皮。

「……應該有人在監視。」

她小聲地說道。

有沒有受過訓練果然有差，她看穿了我的擔心。

「應該吧。」

我沒有看向泉美，舉起咖啡杯說道。

「我想也是，家裡有竊聽器和監視器。」

「妳找到了嗎？」

我看著對面房子的後院問道。

「沒找到，不過我知道有。」

泉美拔著草皮上的草尖說道。

對面住戶的後院裡有一輛腳踏車不見了，窗簾也拉上了。

「不可能只有這樣吧？」

窗簾晃了一下。

「還有，人可能躲在鄰居家裡，正透過望遠鏡監視我們。」

「可是校長不是說他不相信任何人？」

「他有保鑣，其中一個是日本人，另一個是波多黎各人，兩人都是這裡的畢業生，和我一樣都是被校長收養的。他們應該會效忠校長。」

一定是粕谷帶去青山「女王」俱樂部的那兩個人。

「妳的意思是，他派那兩個人監視我們……？」

泉美默默地點頭。

夕陽突然加速西下，房屋拉長的影子蒙上了暮色。

「有點冷了。」

泉美小聲說道。

「進去嗎？」

「我還想坐一下。」

我點點頭，脫下連帽上衣，披到泉美肩上。

「哥，謝了！」

泉美嫣然一笑。

我也還以微笑，點了一根菸。

「日本的高中生都抽菸嗎？」

我被煙嗆了一下。

「沒有。」

「這麼說，你是不良高中生嘍？」

「一點點啦，但現在流行戒菸，為了健康。」

「酒呢？」

「偶爾喝啦，比起可樂，我更喜歡啤酒。」

「高中生可以喝酒嗎？」

「不。法律禁止未成年抽菸喝酒，但我家……」

「你家是什麼樣子？」

「稱不上家啦，只有老爸和我兩個。」

「你爸是怎樣的人？很溫柔嗎？還是很凶？」

「一言以蔽之，就是很隨便。和世人眼中的父親形象相比，他根本不稱職。」

「為什麼？」

「他好吃懶做，成天玩樂，賭博、女色樣樣來，沒有一點上進心。」

「你討厭你爸？」

我搖搖頭。

「該怎麼說呢？這麼說自己老爸有點怪，不過，有些人就是沒辦法討厭。」

「是喔。」

「妳的日語是跟妳父母學的嗎？」

「嗯，還有看電視。」

「電視？」

「我看了很多日本的電視節目，因為我最容易喬裝成日本人。在學校，首先學習如何扮成日本女生，也學會一些熱門歌曲和原宿的流行元素……」

「原宿……」

我想起了在地球彼端的街頭。

「好想去原宿。」她說。

「原宿？」

「一到星期天，總是有很多年輕人聚集在原宿吧？然後在**步行者天國**上頭唱歌、演奏、跳舞……，大家看表演，逛街買衣服，吃冰淇淋和可麗餅……。這些都是我在錄影帶裡看到的，很多年紀跟我差不多的女孩子都這麼做，所以我很想去。」

「去吧。」

我看著泉美說道。

「我騎車載妳去。」

泉美雙眼發亮。

「騎車？」

「我打工買了一輛四百西西的摩托車，假日經常騎去海邊。」

「好棒喔……」

「妳可以坐在後面，我帶妳去兜風。」

「一言為定哦。」

我點點頭。我們想勾小指約定，但不需要替那些監視者提供這種服務。當然，或許他們期待還有更養眼的畫面。

阿隆最喜歡搞這種有意無意的**小動作**了，盡量看啊！日後就算又有這種卿卿我我的機會，在這棟屋子裡是絕對不會有進一步發展的。

我們起身拍拍屁股。

「超餓的。」

「好。」

我嘀咕著，泉美回頭看著我。

「我也餓了，那我來煮點東西。」

「好。」

「吃完飯，我想帶你去一個地方。陪我去吧？」

「好啊！」

我點點頭，泉美衝進家裡。

我看著對面的房子。天色已暗，那棟房子卻沒開燈。

顯然，屋內有人。

我以食指和大拇指比出手槍，瞄準方才窗簾晃動的那扇窗戶。

「砰！」

我朝著看不見的監視者胸口開了一槍，轉頭走進家門。

3

泉美做了烤排骨和沙拉。冰箱裡的食材足夠我們吃一個星期。

我喝著久違的啤酒，啃著泉美做的烤排骨。

「太讚了。」

「我對這道烤排骨很有自信。」

泉美親自調製的烤肉醬堪稱一絕，我們吮著手指，把晚餐吃個精光。

吃飽後，泉美洗碗，我拿著自己泡的咖啡在沙發坐下。

老爸如果找不到這個地方，我們逃出去的機會很渺茫。粕谷把那份被害者名單交給我，顯然不想輕易放過我們。

難道沒有其他方法聯絡老爸嗎？一定要找出線索，查出這裡到底是什麼地方，再透過島津先生或「麻呂宇」通知老爸。

根據我的直覺，這裡離日本並不遠，至少不是在南半球。

我為什麼知道？因為我在洗臉和沖澡時，看到了水流的方向。

當我拔掉洗臉槽的塞子時，水流入排水孔時朝右旋轉。如果在南半球，漩渦會往左轉。至於我為什麼會知道這些事，當然是具備一大堆派不上用場的雜學知識、自稱人肉百科全書的退休跑單幫客——涼介老爸告訴我的。

另外，也可以從氣候研判。即使在北半球，如果與日本相比，離赤道更近或更遠，氣候就會更熱或更冷。這裡的氣候與日本相同，緯度應該和日本差不多。

至於經度，就無從判斷了。他們把我送來時，拿走了我的手表，就是不想讓我知道這裡的時差。

因為從時差能夠判斷這裡離日本有多遠。

我還沒本事從植物和星座判斷自己的位置。

我嘆了一口氣。

只有想辦法潛入港口或機場，還有總部尋找線索了。

「碗洗好了。」

泉美一邊解開圍裙，一邊從廚房走出來，拿起自己的杯子。

我看了時鐘，晚上八點三十分。

泉美說要帶我去一個地方，但此刻已經是禁止外出的時段了。

「看錄影帶吧。」

泉美說著，把MTV的錄影帶放進錄放影機裡。

那是「手鐲合唱團」的專輯。

泉美拿著杯子，在我旁邊坐了下來。我拿遙控器調大了電視音量。

這麼一來，竊聽器就不管用了。雖然還有監視器，但拍不到我們的交談內容。

「妳要帶我去哪裡？」

我看著電視畫面輕聲問道。

「學校。」

「怎麼去？」

「看完錄影帶，我先去洗澡。二樓浴室的窗戶可以通到外面，等我進去三十分鐘後，你再過來。」

「知道了。」

「你進浴室時，記得把一樓的燈全部關掉，讓監視者以為我們洗好澡就上床睡覺了……」

「ＯＫ！」

我們又看了一會兒錄影帶。

泉美對於音樂的知識和我比起來並沒有太大的落差。一定是之前在學校裡惡補的，以利於將來到外面出任務時，身分不易曝光。

ＭＴＶ接近尾聲時，泉美站了起來。

「我先去洗澡，然後就要睡了。」

我點點頭。

「晚安。」

「記得關門窗。」

「好。」

聽到我的回答，泉美上了樓。

她甚至沒向我使眼色，簡直是超完美演技。

我為了強調真實性，又從冰箱拿出一罐新的啤酒，坐回沙發上。看完了ＭＴＶ，接下來還要看Ｆ１賽車的錄影帶。

打開罐裝啤酒的拉環，我只沾了幾口，等待時間一分一秒過去。

時間一到，我打著飽嗝站了起來，鎖好門，關了燈。

還差幾分鐘就十點了。

上了樓，我解開襯衫的鈕子，走向浴室。

浴室裡傳來淋浴的水聲，一定是泉美為了掩飾越窗所弄出的聲響。

我打開浴室門，毛玻璃窗戶向外敞開，蓮蓬頭朝著牆壁沖熱水。

我走到窗邊，避免被水濺到。

接著我將浴袍腰帶綁成的繩子固定在蓮蓬頭的把手上，往窗外垂落。為了避免鬆脫，打結處已經沖溼了。

我往下一看。

泉美坐在協力車上，抬起頭朝我揮手，肩上還揹著登山包。

我發現自己忘了把鞋子拿上來，但現在又不能回去拿。

我將上半身探出窗外，轉身，抓住繩子。

那條繩子不到三公尺，顯然不夠長，但只要抓著繩子，離地面不會太遠。

我輕鬆降落在草地上。

「上車吧。」

泉美小聲說道。

我坐上後座，光著腳踩動踏板。

泉美騎向後院外面的那條馬路。

來到馬路上，她立刻靠左邊。我們使盡全力騎，協力車轉眼間飛馳了起來。

「在前面右轉。」

「那裡左轉。」

「直走一陣子。」

騎車時，泉美不說廢話。

協力車在夜色中的街道上疾馳，剎車也上了油，沒發出半點聲響。

泉美的馬尾被夜風吹了起來，拂著我的鼻尖。我用力嗅聞她的髮香，專心騎車。

「到了。」

泉美停了下來，靠近海邊有一棟以鐵絲網圍起的建築物。

建築物雖不大，但整個校區都以鐵絲網圍起，大門纏繞著鐵鍊，還上了一把大鎖。

在一片像是操場的空地後方，有一棟貌似兵營的魚板狀建築物。

「這裡就是學校？」

「對啊。」

泉美下車，放下登山包，從裡面拿出一支好像耳挖子的金屬棒，插入大鎖。

幾秒鐘後，喀地一聲，鎖打開了。

泉美打開門，我移到前座踩動踏板。

「等一下。」

泉美阻止了我。

「這道門只是幌子，裡面還有紅外線感應器。」

「太誇張了。」

泉美俐落地從背包拿出一副像墨鏡的眼鏡。

我戴上眼鏡，發現建築物和圍籬之間有一條條略微泛白的鐳射光。

「只要碰到那些光，警鈴就會大作。」

我聳聳肩。以外表而論，令人懷念的都立K高中固然氣派得多，但警備系統就小巫見大巫了。

「搞不好還有地雷。」

「可能埋了幾個上課用的地雷吧。」

我張大了嘴，泉美一臉嚴肅。

「我先進去把紅外線的開關關掉。」

泉美戴上看得見紅外線的眼鏡走進校園。我把協力車藏在一棟房子附近的樹叢後方，以免被巡邏車發現。那棟房子不知是空屋還是住戶已經睡了，窗內黑漆漆的。

我躲在樹叢旁邊看著泉美。

從圍籬的入口處到那棟房子有一段約兩百公尺寬的水泥路，泉美無法順利往前走，路上可能布有密密麻麻的紅外線吧。其他地方一半是草皮，另一半是泥土地。

一想到泉美可能誤踩地雷，我不禁背脊冒汗。

她為什麼要費這麼大的力氣帶我來參觀學校？

她謹慎地一步一步往前走。走得很慢，感受得到她渾身緊張。

如果在這所學校考試不及格，好像會立刻掛點。不管我喜不喜歡，泉美應該是優等生。

看著她張開雙腿，鑽過肉眼看不見的光帶，腳步輕盈地繞過紅外線，我不禁這麼想。

泉美已經走了一半。

此時，傳來汽車的引擎聲。我屏住呼吸。

那聲音從我躲藏的那棟房子後方的馬路上傳來。

是巡邏吧？

泉美停下腳步回頭看我。月光下，她的臉色格外蒼白。

我向她揮了揮手，示意她繼續往前走。

我從樹叢裡跑了出去，再度拿鐵鍊繞住圍籬的大門。然後，以大鎖固定在看起來有鎖，但其實沒鎖的位置。

引擎聲越來越大。

我看著泉美。

泉美努力走完剩餘的路。

拜託，千萬要來得及。

我一回頭，發現裝了聚光燈的越野車正準備轉入這條路。果然是巡邏。

我決定了，萬一來不及就衝出去，分散他們的注意力，免得泉美被發現。

泉美離建築物只剩下十幾公尺。

我衝進樹叢。

越野車駛進面向圍籬的那條路。

車頭燈照在路面上，聚光燈朝向操場的方向。

快，動作快。

聚光燈已經照到了大門，燈光停留片刻，似乎正在確認鐵鍊是否如常。

就在這時候，泉美躲進了建築物內。

下一瞬間，燈光就照到了操場上。

我才剛鬆了一口氣，聚光燈突然轉向，往我藏身的樹叢照過來。

我立刻趴在地上。口乾舌燥，手心狂冒汗。

越野車慢慢靠近樹叢。

我幾乎把臉埋進落葉堆，動都不敢動。

越野車開了過去，燈光掠過我的頭頂。

我悄悄抬起頭。

越野車上只有一名隊員。不知是原本就一個人，還是因為某種原因少了一名同伴。

那個人一邊開車，一邊轉動聚光燈。

這樣反而幫了大忙。如果對方有兩個人，很可能會發現我們。

越野車駛到圍籬盡頭，便左轉離開了。

我目送紅色車尾燈遠去，站了起來。

滿身大汗，喉嚨卻乾得冒火。

我走向圍籬，泉美從建築物後方探出頭，她揮動雪白的手臂示意我過去。

我打開大門上的鐵鍊走進圍籬內側，泉美已經關掉了紅外線警報裝置。

她站在水泥路上等著我。

「剛才好危險。」

「幸好你先把鐵鍊掛好。」

「業餘的也派得上用場？」

泉美輕輕地笑了。

「你比我專業多了。」

「走吧。」

泉美點點頭，轉身走了進去。

水泥路的盡頭有一扇對開的玻璃門。泉美蹲在玻璃門前，再度使用那根金屬棒開鎖。

開鎖應該是必修科目。泉美泰然自若，動作沒有一絲慌亂。

門打開以後，泉美從登山包裡拿出一支細長的手電筒。

「進來吧！」

那裡好像是大廳，天花板挑高，有三條呈放射狀的走廊通往深處，籠罩在黑暗中的空氣冷冰冰。

「走這裡。」

泉美率先走向最左側的走廊。我赤足感受到油地氈的地板很冰涼。

走廊上有幾個小房間，分別掛著寫有各國文字的牌子，走廊側完全沒有窗戶，看不到小房間裡面的狀況。

走廊盡頭有一道往下的樓梯，泉美沿著樓梯走下去。

「又要去地下室嗎？」

「等一下你就知道了。」

「我快得閉室恐懼症了。」

在樓梯盡頭有一道門，不同於之前的房間，那是一道厚實的鋼板門。

泉美把手電筒咬在嘴裡，在鋼板門前面蹲了下來。

這道門的門鎖似乎不好應付，她花了比剛才多一倍的時間，終於打開了鎖。

門板發出嘎吱聲響朝內側打開。

鋼板門的厚度有二十多公分。我們一走進去，泉美就從內側關上了門。

她打開牆上的開關。

裝在天花板內側的日光燈啪嗒啪嗒地亮了起來。

小房間的四面都是玻璃，好似一個大魚缸，還有一道嵌了玻璃的門，這是一間往深處延伸的細長形房間。

房間靠近這一側有一個高度及腰的櫃檯，後方許多隔板一直延伸到天花板，以每隔一公尺的距離隔成十個隔間。

當我看著這些隔間時，泉美走向嵌在牆面上的置物櫃。

她打開櫃門。

我倒抽了一口氣。

裡面擺了一整排種類不同的槍枝。

4

「這是貝雷塔的M92F，美軍取代Colt Government所使用的制式手槍，口徑九毫米，填彈數十五發，採用雙動式轉輪設計，算是速射性十分優良的手槍。」

泉美把一副掛在隔間內像耳機的耳罩遞給我。

「戴上吧。」

我戴上後，泉美從另一個隔間拿起另一副耳罩戴上。

泉美按下手邊的開關，人形標靶紙迅速滑向細長形射擊區域深處。

標靶紙後退了十五公尺，停了下來。

泉美微微吸了一口氣，雙手舉起很有分量的自動手槍瞄準。

砰砰砰——即使戴著耳罩，仍舊聽得到沉悶的槍聲。自動手槍的槍栓後退，亮閃閃的彈殼在空中飛舞。短短數秒鐘，十五發子彈就打完了。

射擊結束後，泉美仍然處於瞄準姿勢，接著，才緩緩地放下槍，按了開關。

在標靶紙滑過來之前，我已經知道她有多厲害了。

所有子彈都命中人形標靶紙的胸部，泉美面無表情地看著那張紙。

「太神了。」

她露出淡淡的微笑。

「接下來是這個。」

泉美從腳下拿起一把小型衝鋒槍放在櫃檯上。

「這是黑克勒·科赫ＭＰ５Ｓ，這把衝鋒槍用的是和剛才的貝雷塔一樣的九毫米子彈，具有半自動及全自動的功能，並可安裝滅音器。這把衝鋒槍可裝填三十發子彈，一分鐘可發射七百五十發子彈。也就是說，如果一直扣扳機，只要兩秒多，即可把所有子彈打完。」

泉美的語氣很平淡。她又裝上另一張標靶紙，再次按下開關，標靶紙再度滑向遠方。

「戴上耳罩。」

說完，泉美把衝鋒槍舉至腰際。

隨著電鑽般的達達聲響，槍口噴出火焰。

泉美靈活地控制扳機，分三次把子彈射完。

根本不用把標靶紙拉回來看也知道結果了，人形標靶紙的胸口位置裂成了兩半。

「裝上滅音器後，就安靜多了。」

泉美說著吐了一口氣，把槍放回櫃檯上。地上散亂著許多閃亮的空彈殼，幾乎沒有立足的空間。

「這東西怎麼辦？」

「帶回家啊，兇手絕對有武器，對吧！」

我點點頭。

「妳覺得兇手真的是保安部的人嗎？」

「很有可能。在這個城市，除了教育生以外，幾乎所有人都持有槍械。這些人都有過一、兩次殺人或差點被幹掉的經驗。」

我想起本名叫格安·吉村的鄰居大叔。

大叔掛點時穿著睡衣，但附近並沒有刀槍。

「李先生死亡時並沒有打鬥痕跡，我覺得他是被熟人殺害的。」

泉美點點頭。

「遇害的四個人都有足以被殺害的過去，但有可能同時與同一個人結怨嗎？」

「兇手搞不好是受人之託。」

我說道。

「這代表僱用殺手的人同時與這四人結怨。」

「對喔……」

我陷入沉思。這四個人有什麼共同點。

背叛祖國的東德間諜。

虐殺猶太人的前納粹分子。

在波蘭搞破壞的俄裔美國人。

從為錢賣命的雙面間諜變成職業殺手的越南人。

除了都不是什麼善類，在他們身上似乎找不到共同點。

「兩個德國人，一個俄羅斯人，一個越南人……」

我納悶地偏起頭思考。

「難道兇手想殺光這個城市的居民嗎？」

「如果想殺光所有人，應該會使用炸彈或更有效率的方法，也可以在水塔裡下毒。」

不愧是未來的專家，泉美語出驚人。

但是，從拿到的被害者資料來看，很難想像有人想同時幹掉這四個人。

「兇手住在這裡，這一點錯不了。因為，如果有人從外面潛入，並不會曉得下手目標住在哪裡。」

「難道是移居到這裡，萌生了想殺掉那四個人的念頭嗎？」

「嗯。不是因為搬過來之前，而是之後產生了殺機。」

「但這裡的居民彼此並沒有交流。」

「難道這四人之中，還有人退而不休嗎？」

彼得遜；也就是萊恩哈多爾，六十五歲。

前納粹凱尼希，八十歲，年紀未免太大了。

格德諾布，六十三歲。

李先生；也就是格安・吉村，五十八歲。

「不知道。」

唯一有可能的就是格安・吉村了。

「校長可能知道……」

對，粕谷應該知道這四人的共同點。

「差不多該走了。」我說道。

泉美點點頭，把彈匣、手槍和衝鋒槍放進登山包。

「我來拿。」

登山包看起來很重，我對泉美說道。

泉美看著我。

「遇到緊急狀況時，你會用槍嗎？」

「不知道。可以的話，我不想用。」

我坦誠說道。

「我也是。我最討厭射擊訓練，成績倒是不錯。但如果是為了保護我們倆的性命，我會毫不猶豫。」

泉美看著我，以認真的語氣說道。我點點頭。

「好，那妳拿吧。」

泉美等我走出圍籬，啟動了紅外線警報裝置，再度鑽過肉眼看不見的光束，來到校門外。

她以大鎖鎖上鐵鍊，我們再度騎上協力車。

全速騎向「我家」，沿途小心翼翼，避免遇到巡邏車。

只要轉過眼前的街角，就是「我家」後院前方的那條馬路。

泉美突然剎車。

原本低頭騎車的我忍不住抬頭。

「怎麼了？」

泉美沒回答，直視著前方。

我順著她的視線望去。

一輛車停在房舍前方，車燈未開，車上似乎沒有人。

那是一輛普通轎車——老舊的ＢＭＷ。

「剛才沒有這輛車，而且這棟房子沒人住。」

泉美小聲告訴我，把登山包拿了下來。

她悄悄地拿出衝鋒槍，裝上彈匣。

監視者藏身的那棟房子在另一條路上，所以想回「我家」，只能經過這輛ＢＭＷ。

否則，就要從那棟有監視者的房子前面走過。

「怎麼辦？」

我竊聲問道。

如果從那棟房子前面經過，監視者就會知道我們偷溜出來。當然，也知道我們帶了槍防身。

但如果那輛ＢＭＷ是兇手的車，而兇手正在這裡埋伏呢？

「全速衝過那輛車。」

我說道。泉美點點頭。

「那麼你騎前面。」

泉美舉起那把衝鋒槍。如果有人躲在車內或車後狙擊我們，她打算開槍還擊。

我和泉美換位置，我坐上前面的座椅。

握著車把的手再度冒汗。

如果可以騎著這輛協力車直接回東京，不知該有多好。

要不是有泉美在，我真想大叫：「我不想過這種生活！」

「走吧！」

我小聲說道。疲憊不堪、陣陣刺痛的腳底再度用力踩動踏板。

泉美配合我一起踩，踏板稍稍變輕了。我更使勁踩踏。

踏板變得更輕了。

夜風在耳邊呼嘯。

ＢＭＷ就在一百公尺前方的右側。

我低頭繼續騎。

ＢＭＷ越來越近。

踏板變重了。泉美已經舉起槍，將注意力集中在ＢＭＷ上。我以兩人份的力量繼續用力踩。

氣喘如牛。膝蓋以下幾乎失去知覺。

距離ＢＭＷ只剩幾公尺。

騎到它旁邊了。

我忍不住看了ＢＭＷ一眼，車內一片漆黑，車窗緊閉。

裡面沒有人。

就在此時——

前方突然射出一道刺眼的光。

我看向前方。

不知何時，一輛越野車橫向停下，擋在我們前面。

那輛車原本停在別處住戶的庭院裡，卻突然衝了出來。

車頂的聚光燈發出刺眼的光照向我。

我差點撞上越野車，急忙剎車。

由於剎得太急，協力車頓時重心不穩，倒了下來。

我和泉美摔向地面。

碰──發出一聲巨響。

我們重重摔落，在地上翻滾。

巨大的衝擊和窒息，讓我差點昏過去。

但我還是努力張開眼睛。泉美倒在我前面，那把衝鋒槍被甩了出去，離泉美有一段距離。

我咬著嘴唇。

那輛ＢＭＷ是個陷阱。

越野車的車門打開了，露出一雙穿軍靴的腳。

一名頭戴安全帽、身穿保安部制服的男人默默地俯視著我。

我看不清楚戴著安全帽的那張臉有什麼表情。

男人慢慢撿起掉在地上的衝鋒槍。

我睜大了眼，凝視著看不見裡面的安全帽。

是兇手嗎？

還是普通的保安部隊員？

車上沒有其他人。這麼說，他就是剛才在學校附近巡邏的傢伙嘍？

衝鋒槍的槍口對準我的胸口。

完了！我只能束手就擒。太妙了，原本為了自保的武器竟然成了幹掉自己的凶器。

槍口輕輕從我胸口移開。

「你還是這麼冒失啊！」

男人說著，拿下安全帽。

這聲音……，該不會……，不可能吧！

安全帽底下的那張臉正是如假包換的涼介老爸。

「老爸！」

我忍不住叫了出來。

老爸不懷好意地笑了，又回頭看著泉美。

「即使被綁架，該把的馬子還是沒放過嘛！」

「別……別鬧了。」

我連忙起身，撫摸摔痛的大腿，走向泉美。老爸搶先走到她身邊蹲下，摸著她的額頭。泉美一邊呻吟，一邊睜開眼睛。

她一看到老爸，立刻驚訝地跳了起來，右手伸向登山包。

「小姐，放心，我不會傷害妳的。」

老爸立刻說道。泉美停手，仰望著站在一旁的我。

我又痛又高興，所以笑得很不自然，泉美納悶地看著我。

「哥，怎麼了？」

「哥？」

這次輪到老爸露出訝異的表情，我終於忍不住笑道：

「容我介紹一下，這位大叔就是我傳聞中的老爸。」

「咦？」

泉美睜大了眼，驚訝地比較老爸和我。

「但是……為什麼……？」

「說來話長，妳站得起來嗎？」

老奸巨猾的老爸向她伸出右手，當她拉著老爸的手站起來時，老爸仔細端詳她的臉蛋說：

「嗯，是個美女，不過跟你一點都不像，你媽有沒有說什麼？」

「現在不是聊這些的時候，在這裡磨磨蹭蹭的，當心被真的保安部隊員撞見。」

「如果你是指這套制服的主人，他正在後座呼呼大睡呢！」

「可能還會有其他人出來巡邏。」

泉美說道。

「ＯＫ，那就先進屋裡再說。老爸，那輛ＢＭＷ是你的嗎？」

「不，我來的時候就停在這裡了。」

「你怎麼知道我們會經過這裡……？」

我問道。老爸豎起大拇指，指著隔壁的馬路說：

「那條路上有一棟奇怪的房子，裡面有人卻不開燈，一直在監視外面。我在城裡巡邏時發現的。心想他們為什麼要監視？到底在監視誰？調查誰？結果就想到可能是你。」

「答對了。『我家』就在那棟房子對面。」

老爸聳聳肩。

「運氣還不壞。」

「所以，你看到我們騎腳踏車過來，就跑出來了嗎？」

「你東張西望地衝過來，我還以為你加入了飆車族呢。」

泉美驚訝地聽著我和老爸的對話。

「廢話少說，先離開這裡。」

「好，越野車就先留在這兒吧。」

老爸說著，準備扶起那輛協力車。

他扶到一半，手停了下來。

「怎麼了？」

「噓，前面有動靜。」

我們急忙推著協力車，衝到ＢＭＷ旁的那棟空屋後方。

三人屏氣凝神地看著馬路。

前面傳來咚咚咚的腳步聲。我和泉美互看了一眼。

腳步聲經過住宅區，來到ＢＭＷ和越野車停放的這條路上。

那是一名頭戴安全帽、身穿制服的保安部隊員。

他發現停在馬路中央的那輛越野車，驚訝地停下腳步。

然後一動也不動地看著越野車。

接著，慢慢靠近，朝車門內張望。

「你**封住對方的嘴**了嗎？」

我小聲問老爸。老爸點點頭。他的表情似乎在說，大事不妙了。

如果那個保安部隊員看到同事一絲不掛地被綁在車上，事情肯定會鬧大，因為很顯然有外人搶走了保安部制服。

那名隊員打開了車門。

一個僅穿內褲、被五花大綁的白種男人滾了出來。隊員瞪大了眼，看著對方。

只見他把手伸進制服內側，右手一亮。是刀子。他想割斷對方身上的繩子嗎？

泉美抓著我的手臂。男子的右手一閃。

半裸男被割了喉，在地上激烈滾動，鮮血噴濺出來。

我倒抽了一口氣。

最後現身的男子，殺了他同事。

重逢的子彈

不思議國度的打工偵探

「真猛啊……」

老爸輕聲嘀咕。

到底是怎麼回事？我暗想。老爸出現後，我才剛鬆了一口氣，殺人魔就出現了。

那名保安部隊員俐落地將凶刀往死者的內褲擦拭，再放進懷裡。

「去抓他。」

我低聲說道。老爸驚訝地看著我。

「不能打一一〇報警嗎？」

「不行，我和粕谷做了交易。」

「要相信那傢伙，還不如把錢借給惡魔。」

「總之，不能放過殺人魔。」

「真拿你沒辦法。」

老爸搖搖頭，從空屋後面走了出去。

那個保安部隊員正走向BMW的駕駛座。

老爸不慌不忙地走到馬路中央，對方並沒察覺，背對著老爸，伸手正要開車門。

「喂。」

老爸以低沉的聲音叫道。

對方頓時愣住，緩緩轉頭看向老爸。老爸把衝鋒槍架在右肩上，好像扛著一把大斧頭。

我旁邊響起喀噠聲，泉美不知何時從登山包裡掏出手槍，拉開保險栓。

「我不知道你是誰，但這麼取人性命不太好吧。」

老爸停下來，雙腳微微張開。他說話的語氣很篤定，但渾身充滿了緊張。

保安部隊員隔著安全帽望著老爸，沒說話。從我的位置看不到那頂安全帽底下的長相。

「把安全帽慢慢拿下來。」

老爸說道。保安部隊員一動也不動。老爸嘆了一口氣，以英語重複了一遍。

泉美走到我身邊，單膝跪地，擺出瞄準的姿勢，槍口朝著對方。

保安部隊員以戴著皮手套的手慢慢伸向帽子，並緩緩拿起。

就在那一瞬間，他的右手伸向腰際的槍托，迅速拿出和泉美手上同款的手槍——貝雷塔M92。

老爸猛地握住衝鋒槍，搶在對方開槍之前，噴出強大的火焰。

保安部隊員向後仰，倒在BMW上，背部靠在車窗已碎的車門上，身體慢慢下滑。

但是，他還沒死，緩緩舉起右手的槍瞄準老爸。

砰！我身旁響起一聲尖銳的金屬聲，保安部隊員的右臂往上一抬，手裡的槍飛到半空中。

老爸回頭叫了一聲：「別開槍！」

我從空屋後方衝出來。開了這麼多槍，其他保安部隊員一定會火速趕到。

泉美臉色發白，跟在我旁邊。我們在與保安部隊員有一段距離的地方停下來。

老爸蹲在那個像人偶般跌坐在地的隊員旁。他的制服胸口處破了好幾個洞，中了那麼多槍居然沒死，實在太神奇了。

他的右肘也中彈了，流著血。那是泉美開的槍。

老爸扯下他的安全帽。那是一個陌生的金髮男人。

男人無力地吸氣，仰望著老爸，以英語咒罵。

「真不敢相信，他居然還活著……」

泉美倒吸了一口氣。

「應該斷了兩、三根肋骨。」

老爸說道。

「怎麼回事？」

「他穿著防彈背心。」

我睜大了眼，男人制服的胸口部位的確特別鼓脹。

「子彈雖然打不透，但無法吸收衝擊力。」

「所以你叫我別開槍……」泉美說道。

「對，如果打胸部或腹部沒關係，打到頭就沒救了。我不想讓妳淪為兇手。」

此時，金髮男站起來，以肩膀撞向老爸的胸口。老爸毫無防備，仰頭倒下。

男人打開ＢＭＷ的車門。

「別開槍！」

老爸對著再度舉起貝雷塔的泉美大叫。上車的男人以左手發動引擎。

我終於發現老爸的舉動很怪異，他的動作格外無力，一隻手撐在地上試圖站起來。

老爸受傷了。

我衝到他身邊，ＢＭＷ以驚人的速度呼嘯而過。

車子差點撞到我，我趕緊跳開，眼角掃到金髮男單手開著車窗已碎的ＢＭＷ揚長而去。他的表情很猙獰。

「你還好嗎？」

泉美扶起老爸。

「好痛、好痛，傷口裂了。」

我扶著老爸的另一側肩膀，那一定是青山槍戰的舊傷。

「趕快離開。」

「果然不該多管閒事……」

聽到老爸這麼說，我咬緊嘴唇。沒想到老爸受傷了。

「去哪裡？」

老爸問道。

「去『我家』，就在前面。」

我急忙扶著老爸答道。

「被監視的人看到不好吧？」

「我來想辦法。」

泉美說道。我這才想到，為什麼在那棟房子裡監視的人沒衝出來？他們如果聽到槍聲立刻跑出來，應該早就到了。

「似乎沒這個必要了。」

老爸說道。我們正走到「我家」後院。

對面那棟房子的後門敞開著。

我和泉美互看了一眼。

「拜託妳了。」

我把老爸交給泉美，正準備衝出去。

「阿隆。」

我聽到老爸的聲音，回過頭。老爸把衝鋒槍丟了過來，看我接住後，他說：

「我知道你不喜歡，但總比你挨子彈好。裡面如果有人就開槍。」

我吞了吞口水。手上的衝鋒槍比意料中要輕，很難想像居然有這麼強的破壞力。

「知道了。」

我點點頭。

「我們在車庫。」

泉美說道。由於家中有監視器，當然不可能把老爸帶回家。

我揮了揮手，代替回答，拿著衝鋒槍過了馬路。

我貼在敞開的門上，豎耳傾聽。

裡面完全沒動靜。我再度吞了吞口水，試圖潤喉。

但只聽到喉嚨發出的咕嘟聲。

我看向馬路對面。老爸和泉美跪在車庫的暗處不安地看著我。

我下定決心，衝進房子。

燈亮著。

從外面看得到屋內中央的大房間，隔間的門也敞開著。

桌子和沙發等家具都被推到角落，地板上放著兩個睡袋。

靠這一側的桌子，上面放了錄音機和電視機。錄音機沒開，但電視機開著，後面有幾條線與錄影機連接。

我探頭看向電視螢幕，畫面上呈現一個昏暗的房間內景。毫無疑問，那是「我家」一樓的客廳。我剛才出門忘了關錄影機，開關燈示在黑暗中浮現。

我從螢幕上的狀態大致猜到監視器的位置。

那是通往二樓的樓梯。

我站在房子中央四處張望，並未看到監視者。

此時，我聽到沙沙沙的雜音，差點跳了起來。我把衝鋒槍對準聲響的方向。

那雜音從一張放滿各種器材的長桌子底下傳來。

「──總部呼叫貓頭鷹！總部呼叫貓頭鷹！保安部接獲通報，你們目前所在附近發生槍戰，回報詳細情況。重複，總部呼叫貓頭鷹……」

對講機掉在桌子底下。那聲音很熟悉。是粕谷。

我氣自己，很想開槍打爆對講機。

同時，外面傳來了警笛聲，從市中心的方向漸漸朝這裡逼近。

「原來如此，的確是這樣。」

我對著那支拚命呼叫的對講機這麼說完之後，走出了那棟房子。所有監視的人都離開了。

我回到車庫，向老爸和泉美報告對面那棟房子裡的狀況。

「太奇怪了，剛剛明明有人……」

老爸按著右腹上方嘀咕道。那裡似乎是傷口。

「監視錄影機還在運轉，但錄音機停了。」

「那是省電型竊聽設備，麥克風會收音。」

保安部隊紛紛趕到「我家」後方。

「接下來怎麼辦？」

「先躲起來。我身上的制服是那個遇害男人的，要是被發現，我不就成了兇手了。」

泉美說道。

「不行。校長已經察覺不對勁了，如果有人過來，我們馬上會被發現。」

「要進屋嗎？」

「那要去哪裡……？」

泉美閉眼思考，接著，猛然張開眼睛。

「去李先生家，那棟房子有地下室，躲在那裡不會被發現。」

「離這裡很遠嗎？」

老爸看著我。

「就在隔壁。」

「好，那走吧。」

老爸點點頭後起身。保安部隊都在我家後面的馬路上警戒，左鄰右舍的注意力應該集中在後面那塊區域。

我們壓低身體走前面那條路，從房舍之間瞥見被聚光燈照亮的「命案現場」，以及負責警戒的保安部隊士兵的身影。看到同伴遇害，所有士兵都充滿殺氣地舉著M16。大致計算一下，現場有五輛越野車。

李先生——也就是格安·吉村的家被保安部鎖住了，大門綁著粗大的鐵鍊和大鎖。

泉美花了數秒打開大鎖。默默在一旁觀看的老爸驚訝地說：

「這小女生真了不起，在哪裡把到的？中野學校嗎？」

我聳聳肩，仔細想一下就發現，這裡的市民多半具備這種專業技巧，鎖門根本沒有意義嘛。

「往這裡！」

泉美壓低身子進屋，以免外面的人看到手電筒的光。

在全家遇害的漆黑房子裡走動，難免讓人心裡發毛，但眼前的情況沒有選擇的餘地。

泉美走向我發現金髮女屍的臥房，那裡放了兩張床。

她以手電筒照著臥室深處一條窄廊盡頭的地板上。

「找到了。」

她小聲說道，走過去拉起地板上的一只小鐵環，拉起一扇五十公分見方的門板。

「進去吧。」

一道狹窄的樓梯通往地下室。我先下去，老爸也跟著下來，泉美殿後，並把頭頂上的門板關上。

她打開牆上的開關，一只燈泡照亮了水泥牆面。

五坪大的地下室有一半的空間被玻璃盆栽占據，巨大的玻璃盆內浮著一層宛如水生植物般的藻類，地下室瀰漫著一股潮溼的氣味。

一側牆面釘著棚架，架上放了幾十個貼著手寫字標籤的玻璃瓶。

棚架旁邊有一張大桌，上面擺著研磨缽、試管和酒精燈等化學實驗器材。李先生似乎是在這裡調製毒藥。

老爸在桌前的椅子坐下，嘆了一口氣。

「這房子的屋主是什麼人？宮庭御用魔術師嗎？」

「差不多，只是沒調出長生不老藥。」

聽我這麼一說，老爸挑起單眉。

「變成豬被吃掉了嗎？」

我搖搖頭。

「被轟掉腦袋了。」

「這裡好像很流行殺人。」

老爸說著，開始脫下制服，泉美在一旁協助他。

制服下的白T恤的右腰位置被鮮血染紅了。

老爸翻開T恤，胸前的繃帶滲血。

「青山的槍戰時中彈，骨頭和肌肉都被削掉了一小塊。」

「聽說你從醫院溜走了。」

「粕谷告訴你的嗎？」

「我去找繃帶幫你換藥。」

泉美上樓後，我挪開桌上的試管，往桌面一坐。

「發生了什麼事？」

「發生了什麼事？」

我們互看，異口同聲問道。我聳聳肩。

「我先說啦！我被捲入青山的槍戰後昏了過去，醒來就在這裡了。好像被打了針再帶過來的。

「然後，我住在一棟獨門獨院的房子，突然冒出『媽媽』和『妹妹』，剛才那是『妹妹』，叫泉美。我在街上亂晃時，發現住**這棟房子**的人通通被殺了，結果就被帶去總部，在那裡遇到那個叫粕谷的做作男……」

「他說要把你培養成優秀的間諜？」

「你很了解狀況嘛。」

老爸面無表情地點點頭。

「他就是這種人。」

泉美拿著急救箱回來了，她俐落地替老爸消毒，換上新繃帶，沒說半句廢話。

「我來這裡之前，這裡已經發生了幾起命案，不知道兇手是誰。但我在發現屍體之前，看到一個疑似兇手的男人。他跟你一樣，穿著保安部的制服。」

「所以你以為我是兇手？」

「粕谷——在這裡好像被稱作校長——他疑神疑鬼，覺得沒有人信得過，所以要求我替他找出兇手。總之，就是把我當誘餌……」

「所以才派人監視你嗎？」

我點點頭。

「在這個城市流竄的殺人魔接二連三地殺了許多人，還把一家人都殺了。剛才那個金髮男八成就是兇手。」

「為什麼殺他們？」

「猜不透。這個城市——」

「住的都是退休的跑單幫客吧！」

我瞪大了眼。

「你知道？」

老爸一臉愁容地點頭。泉美為他換好繃帶，拿出冰過的罐裝可樂。

「雖然想喝啤酒，但現在只能湊合一下了。」

老爸說著，接過可樂。

「泉美，謝謝妳。」

泉美露出微笑。

「輪到我說了。就從我和粕谷的關係說起吧……」

老爸娓娓道來。

2

「還記得我說過，粕谷是我哥嗎？」

「怎麼可能忘。」

泉美驚訝地望著老爸。

「我和他是同父異母的兄弟，我們的老爸在世界各地活動，我們分別在東京、倫敦出生。」

「所以，他媽媽是老外？」

「粕谷的老媽是澳洲前貴族的女兒。在我十八歲那年，粕谷二十九歲，我們兄弟倆才相認。當時我還是學生，粕谷已經是歐洲出了名的間諜。」

「幾年前？」

「二十多年前。他從他老媽身上繼承了漂亮的臉蛋和龐大的財產，在歐洲社交界也赫赫有名。他把取得的情報賣給各國情報組織。」

「有什麼目的？」

泉美問道。老爸憂鬱地看著她。

「可以確定的一點，不是為了錢。粕谷的錢多到發臭，他只是在追求刺激。他有錢，身邊女人沒少過，但他已經厭倦，這些都滿足不了他。他想要權力，但不是像政治人物那樣站在檯面上指揮國家，而是在幕後操控他人。」

「他在邀我加入時，也說了類似的話。」

「他也曾經加入傭兵部隊，累積戰鬥經驗，但這只是冠冕堂皇的理由。他在部隊裡發現戰爭需要花很多錢，也知道只要有一名優秀的間諜，就能夠在戰爭中獲勝，不必浪費這些錢。」

「原來如此。」

「之後，他開始廣邀各路間諜。間諜有兩種，一種是基於愛國心，另一種是為了錢。優秀的間諜往往是後者，因為他們不相信任何人。

「那些充滿愛國情操的間諜通常會遭到背叛然後被幹掉，因為他們不會懷疑伙伴。」

「你是因為他的關係才會加入這一行嗎？」

「從某種意義，可以這麼說。我們的老爸在我十三歲那年失蹤。當時，一位曾經是我老爸好友的老先生很照顧我和老媽，視我如己出。他是亞裔法國人，教我學習各國語言和習俗。此人對外聲稱是生意人，但在間諜界是大名鼎鼎的人物。」

「……」

我只能默默聆聽老爸意外的身世。

「——粕谷那傢伙正是從老先生口中獲得打造這個城市的靈感。老先生身為間諜，為了生存，克服各種危險，甚至幹過一些骯髒的勾當，所以由衷希望能找到一片淨土。」

「那麼，他也住在這裡？」

老爸搖搖頭。

「老先生得知那傢伙的計畫後，以各種方式支持他建造這座城市。然而，在某次事件後，老先生就斷絕了所有援助。」

「為什麼？」

「因為他知道那傢伙想把這座城市變成一所學校，培育間諜新血。老先生帶著後悔過了大半生，體驗到間諜這一行多麼無情，所以，他贊成打造一塊安居樂土，卻不能原諒那傢伙把年輕人拉進來。」

「結果呢？」

「某天晚上，那傢伙去找老先生，因為他的計畫需要老先生提供的情報才能完成。在間諜這一行，大家都信不過彼此，只有從老先生口中才能打聽到某些人的名字和相關訊息；也就是那些退休老間諜的聯絡方式。這些人即使退休了，仍然能透過報上一些常見的廣告或很少使用的私人信箱取得聯繫。這是他們自保的方式。對粕谷那傢伙來說，這些情報比黃金更值錢，他千方百計想弄到手。」

「老先生告訴他了嗎？」

老爸一臉陰沉地搖搖頭。

「老先生當然拒絕了，但那傢伙很會算計，還準備了讓他開口的方法。」

「什麼方法？」

老爸抬眼看著我。

「就是我和老媽的性命。」

粕谷把老先生在這世界上唯一信任的我爸與祖母當成人質，還威脅老先生，如果不配合，就要殺了他們。

於是，老先生提供協助，把之前認識的間諜名單及聯絡方式通通告訴了粕谷。

交易成立後，老爸和祖母就被釋放了。

「那天晚上，老先生看到我們平安獲釋之後就自殺了。他無法原諒自己在人生的最後一刻背叛伙伴。」

老爸以陰沉的眼神望著地面。

「粕谷從老先生口中得到那份間諜名單後，曾去找過他們嗎？」

老爸點點頭。

「那傢伙並沒有跟他們講他威脅過老先生，還試圖籠絡他們。雖然有些人起疑，但大部分的人都不介意，並贊成那傢伙的計畫。」

「為什麼？」

泉美問道。老爸看著她。

「有些人從事間諜工作多年，對人生有兩種不同的看法。一種人就像老先生那樣，想忘了過去，並盡可能斷絕與過去有關的一切；另一種人希望拋開以前的敵友關係，沉浸在回憶裡。因為，即使他們做過的事曾經影響歷史，也不會公諸於世。這種人在回憶中緬懷自己的成就。他們忘記敵友關係，在暖爐前喝著雪利酒，談論當年的種種。」

「無論怎麼看，這都不是一份充滿魅力的工作。」

老爸聽了我的話，露出苦笑。

「是啊，這份工作的確不適合喜歡邀功的人。間諜必須行事低調，勤用眼睛和耳朵，平時不動聲色，就像擺設一樣。一旦接獲指令，得像一隻撲向獵物的猛獸立刻行動。但是，這種人也會老去，一旦上了年紀，總希望獲得認同，卻又不能寫回憶錄。一旦寫了，將會改變歷史。光是改變歷史還算單純，偏偏會危及性命。於是，擁有彼此祕密的人就成了好朋友。」

「行家之間的友情？」

我想起島津先生在「女王」說過的話。

「不是吧，可能只是人上了年紀，變得脆弱了。當然，實情只有當事人才知道。」

「這些人現在還住在這裡吧。」

我看著泉美說道。

「我想是吧，但教育生幾乎不知道這個城市的歷史。」

「教育生？」

老爸問道。泉美向他解釋，當年，是粕谷把她從孤兒院帶來這裡的，這裡還有幾個遭遇和她相同的新人。

「那傢伙果然有大動作了。」

老爸神情緊繃。

「這是我最不能原諒的。那傢伙說要培養優秀的間諜，但移居此地的人，多半是在世界各國被通緝的職業殺手，盡是暗殺和背叛高手。在這種人的教育下，到底會訓練出怎樣的間諜……」

泉美痛苦地低著頭。

「老爸，你說得太過分了。」

我說道。

「泉美，對不起。」

「沒關係，因為你說的都是真的。」

泉美望著指尖，低聲說道。

我試圖改變話題。

「老爸，你是怎麼過來的？」

老爸正想回答，泉美說：

「等一下。大門的鐵鍊有沒有掛回去？」

我和老爸互看了一眼。

「完了。」

老爸說道。一旦拆下鐵鍊，等於昭告世人，這屋子裡有人，保安部隊很快就會發現了。

「我去鎖。」

泉美站了起來。

「不，我去——」

我說道。泉美朝我笑了笑。

「哥，你和你爸留在這裡。我去外面觀察一下，還要準備一些吃的……」

「但是……」

「阿隆，讓她處理吧，這裡是她的地盤。」

老爸說道。

「好吧，那妳要小心。」

泉美聽了我的話，用力點點頭，便爬上樓梯。

地下室只剩下我們父子倆時，老爸重重地嘆了一口氣。

「有菸嗎？」

我點點頭，拿出七星淡菸遞給他。

老爸點了菸，深深地吸了一口。

「自動販賣機有貨，我買了一包。應該是他們特地運來賣的吧。」

老爸點點頭，看著煙飄向燈泡的方向。

「你知道這裡是哪裡嗎？」

「不，完全不知道。應該是北半球，會不會是北半球的哪座島？」

老爸看著我。

「就知道你會這麼想，不過，這裡並不是島，而且就在日本國內。」

「太扯了吧！」

我難以置信地大叫。

「沒騙你。這裡是面向日本海東北方的海角。」

語畢，老爸說出了詳細的地理位置。的確是日本，是日本地名。

「但這裡看不到電視節目，機場……，電話也……」

「電視和電話很容易動手腳，這裡當然有機場。這地方是粕谷旗下的多國籍企業，以開發為名，向人口密度過疏的縣買下來的。」

「但是，周圍只有海。」

我把第一天晚上溜出「我家」，徒步走到海邊的經過告訴老爸。

「你剛好走到面海的那一側，這裡離最近的村落也要二十公里，而且只有一條路，被大門封住了，外人根本進不來。」

「老爸，你是怎麼……？不，你是怎麼知道這裡的？粕谷說，你絕不可能找到這裡。」

「他太小看我了。沒錯，就連島津也不知道這個地方在日本境內，但如果粕谷的基地在國外，他也不可能向島津求助。他之所以向島津求助，就是希望有人能解決這裡的凶殺案。」

「你的意思是，他們自己解決不了……」

「必須是和這個城市毫無瓜葛的人。我猜出他的基地在日本境內，於是調查了他的公司，那是一家主要與第三世界做生意的貿易公司，我繼續追查那家公司與非洲、中南美國家貿易往來所賺的錢匯去哪裡，結果查到這裡。那傢伙把間諜養成技術賣給了建國不久的非洲獨裁國家。」

「你告訴島津先生了嗎？」

老爸搖搖頭。

「粕谷的組織和美國、蘇聯都有情報交易，也會接CIA和KGB的骯髒差事。如果島津知道這個組織的中心就在自己的地盤上，一定會很痛苦，所以我沒讓他知道。」

「你是怎麼過來的？」

「這個海岬周圍一公里的海域禁止漁船進入，但有盜捕鮑魚的漁船在附近出沒。我拜託其中一艘漁船帶我到附近的海域，再搭橡皮艇登陸。我趁晚上四處查看，直到那個制服被我搶走的保安部隊員發現……」

老爸聳聳肩，意思是說，他不知道其他事情。

「但是……」

怎麼會有這種事？這句話在我腦海裡盤旋。

這裡居然是日本……

而且這裡不是島嶼，只是面向日本海的海岬前方。
我還以為這裡是四面環海的孤島。
不過，仔細想一下，即使有辦法迷昏我，要把我運出國並不容易。
而且，日本的治安良好，相當適合被追殺的外國人居住。只要威脅居民安危的暗殺者靠近，在這個東北的窮鄉僻壤絕對會引起注意。
老爸的話也和我的想法不謀而合。
「全世界各先進國家中，只有在日本鄉下，一旦有外國人靠近，就會引起注意。」
「太扯了……」我呻吟道。
難怪粕谷認為「殺人魔」絕對不是外人。
「但兇手為什麼要在這個城市大開殺戒？」
我嘀咕道。
被老爸扯下安全帽的「殺人魔」是個三十幾歲的金髮男子。
難道是有人僱用殺手潛入這裡殺人？
還是說，這傢伙也住在這裡？
我突然擔心起泉美。她出去察看狀況將近一個小時了。
但在擔心泉美之前，我還有一件事想問老爸。

「老爸——」

「什麼事？」

「當時，你真的想幹掉粕谷嗎？」

老爸默默地注視我，把變短的香菸摁在地上弄熄。

「我聽別人說，那傢伙已經死了。他替非洲某小國訓練軍隊，把這些軍人訓練成祕密警察，最後卻被想保密的獨裁者幹掉。

「但是看到那傢伙出現後，我知道那只是傳聞，那傢伙仍然邀集世界各國的壞人來培養新的叛徒、殺手和謀略家。只要那傢伙還活著，就會有人被他訓練的間諜殺害或陷害。他也等於是我的殺父仇人。沒錯，我打算殺了他，我不能原諒他。」

「……」

「這種想法不可原諒嗎？」

我搖搖頭。

「如果你這麼想，那也沒辦法。」

老爸輕輕點頭。

「你長大以後，也許會遇到這種人。人生就是這樣，會愛上別人，也會憎恨別人。」

「即使這樣，我也不會想幹掉他們。」

我苦笑道。

「太好了，看來你還沒被這個城市荼毒。」

這時候，地下室的掀門突然被打開來。

我驚訝地抬起頭，馬上看到一把槍。

「不許動，誰敢動就吃手榴彈。」

有兩個人舉著槍，其中一人說道。

我愣在原地。那兩人其中一個是日本人，另一個是波多黎各人，他們是粕谷的心腹，也是監視我們的人，更是這裡的畢業生。

「慢慢從樓梯走上來，一個一個來。」

舉著手槍的日本人說道。

泉美被抓了——我腦海裡首先浮現這個想法。

我回頭看著老爸。

老爸沒說話，輕輕點頭。眼下只能乖乖從命了。

我拿起泉美的登山包站起來。

當我走到一樓，波多黎各人把槍口對準我，搶過登山包，叫我趴在牆上。

接著，老爸也走上來。

我四處張望，沒看到保安部的士兵，屋子裡似乎只有這兩人。

波多黎各人以槍口戳著我的背，明示我不要東張西望。

我聽到「哇——」的叫聲。

我和波多黎各人同時回頭。

老爸抓住日本人手上的槍，把他推下樓。

「……」

波多黎各人嘴裡不知念著什麼，正準備向老爸開槍，我以全身衝撞他，只見他雙手高舉，身體一歪。

老爸立刻朝旁邊一閃，波多黎各人頓時跌進了地下室。

他滾下樓梯，發出咚咚咚的聲響。

「阿隆！門板！」

老爸大叫，我啪地一聲蓋上入口的四方形門板，地面頓時傳來砰砰砰的槍聲。子彈是從底下打上來的。

老爸撿起波多黎各人掉落的M16，朝門板一陣掃射。

底下傳來叫嚷聲，隨後安靜了下來。

「趕快去找個東西壓住！」

我聽到老爸這麼說，便四處找尋，首先看到客廳裡有個大盆栽，一個人幾乎抱不動。我跳過去，半抱半拖地硬是把它拖過來。

被關在地下室的人再度開槍打穿了門板，老爸立刻還擊，槍聲才停止。

「壓上去。」

我大口喘氣，把盆栽移到門板上。那個盆栽將近三十公斤，從下面很難推開。

「好，閃人。」

老爸小聲說道，我們立刻衝出屋子。

3

「我家」空無一人。

「泉美！泉美！」

我衝進敞開的大門大叫。無人回應。

「我去看看對面的房子。」

「別慌！如果還有人在裡面就麻煩了。」

老爸說道，但我沒理他。

我衝出去，跑進對面的屋子，發現裡面跟剛才一樣空蕩蕩。

老爸緩緩走進來，掃視屋內的儀器，最後目光停留在睡袋上。

「剛才那兩人原來躲在這裡。」

我點點頭，沒說話。

泉美也不在，難道被抓走了嗎？

被誰抓走了？

粕谷嗎？

還是……

我大驚失色。那個金髮男該不會又回來帶走了泉美……

我看著老爸，老爸正撿起掉在桌底下的對講機。

「粕谷會應答，你呼叫他吧……」

我六神無主，老爸挑眉看著我。

天色漸漸亮了。

我一屁股坐在被推到房間角落的沙發上，筋疲力盡，好睏也好餓。見到老爸才剛鬆了一口氣，沒想到泉美又不見了。

「真是傷腦筋。」

我輕聲說道。真希望趕快離開這裡，就可以結束一切噩夢，恢復平靜的高中生活了。

（我辦不到！）

心中響起一個聲音。

我不能拋下泉美。

「粕谷，聽得到嗎？」

身旁響起另一個聲音。

我抬起頭，滿臉驚訝。老爸正用對講機通話。

「……粕谷，如果聽到了，趕快回答。」

老爸按著對講機開關再鬆手等待回應。

對講機傳來沙沙沙的雜音。

「我是『校長』，你是誰？」

對講機中傳來粕谷的聲音。

老爸笑了。

「猜猜我是誰？」

「什麼……」

「是你教育失敗的學生家長。」

「冴、冴木嗎？」

粕谷說不出話來。

「答對了。你的手下目前正在有點陰暗的地方。」

「冴木，你是怎麼……」

「我來找我兒子，但發現你這個城市好像有了大麻煩。」

粕谷的聲音終於恢復平靜。

「保安部接獲通報，發現一艘橡皮艇，原來是你的。」

「沒錯。」

「你逃不出去了，乾脆住下來吧。」

「恕我拒絕。聽我兒子說，這裡連家錄影帶出租店都沒有，我才不要住在這種窮鄉僻壤。」

「是你殺了保安部隊員嗎？」

「猜錯了，是這裡的殺人魔，我一來就遇到了，很遺憾，讓他逃了……」

「什麼？你看到兇手了!?」

「對啊，我看到了，還朝他開了兩、三槍，但他穿了防彈背心，逃過一劫。」

「……」

粕谷陷入沉默，似乎正在拚命思考。

「冴木，你在嗎？喂，冴木……」

「我在。」

「我們來交易一下吧，如果你找到兇手，我就讓你們父子離開。」

「幹嘛不自己去找？」

「你們逃不了的。我接獲有人入侵的警報後，已經封鎖了所有出口，難道你打算游回去？」

「這主意不錯。」

「有個大型低氣壓正在逼近，海上的風浪很大哦。」

老爸看著我。

「我們可以等，等到風浪平靜。」

「你以為可以在這個小城躲多久，只要天一亮，部隊就會展開地毯式搜索。」

我走到窗邊仰望天空。粕谷沒有唬弄我們。剛才沒察覺，早該天亮的天空中籠罩著烏雲，樹木被一股帶著溼氣的風吹得搖晃不止。

「阿隆，怎麼辦？」

老爸問道，我回頭看著身後。

「問一下泉美在哪裡。」

「現在不是時候吧，如果泉美在他手上，反而會變成談判的籌碼。」

我聳聳肩。

「看你嘍。」

老爸再度拿起對講機。

「準備一輛車，解除道路封鎖，命令保安部隊員讓我們通行，我就提供兇手的線索。」

「開玩笑，你以為我會答應這種交易嗎？」

我看到一輛車從遠方慢慢駛來，那是保安部的越野車。

「老爸，有人來接我們了。」

「他們已經找到這裡了，好，我們走吧！」

「冴木……冴木……，聽得到嗎？」

「下次再聊。」

老爸說完，關上開關。

我和老爸走向這棟房子的另一側出口——正面玄關。

一離開房子，我們便加快腳步。

「去哪裡？」

我思考。這個小城並沒有什麼百分之百安全的藏身處。

我揹著泉美帶來的登山包。

「去學校吧！」

我靈機一動。

「學校？」

「老爸，你會開鎖嗎？」

「當然沒那個小女生厲害，但如果不太複雜，應該沒問題。有工具嗎？」

「有。」

我晃著肩上的登山包。

我和老爸沿途躲過好幾輛越野車，一路趕往「學校」。騎腳踏車需要十分鐘，所以路程不算近。

終於來到學校，我從登山包拿出工具遞給老爸，讓他挑戰大門上的鎖。

老爸花了相當於泉美十倍的時間，才把鎖打開。

他站在鎖頭前擦汗，我對他說：

「看來，你提早脫離跑單幫客的世界是正確的。」

「少廢話，還有其他機關嗎？還是有紅外線警報裝置？」

我有點佩服地看著他。

「有。泉美戴著這副眼鏡進去關掉警報裝置。」

「給我。」

「她還說，搞不好還埋了不少地雷。」

「什麼？」

老爸露出驚訝的表情。

「為什麼學校裡會有地雷？」

老爸似乎覺得有點可怕，望著寬敞的操場。

「這所學校真可怕，操場上居然埋了地雷。」

「還有射擊場。」

老爸用力吸了一口氣。

「真想把這裡打爛。」

「你來這裡，不就是為了這個目的嗎？」

老爸正準備走進大門，聽到我的話頓時轉身，鏡片底下那雙眼睛看著我。

「……是啊，我來這裡就是為了這個目的。」

我和老爸走進學校，四處察看。

幾個小房間都上了鎖，老爸打開了其中一間。乍看之下，是普通的教室，教室裡有一面黑板和幾張課桌椅。

黑板上隱約可見粉筆痕跡——

具威脅效果的心理戰術

一、避免對方深入思考自己的狀態。

二、讓對方認為除了我方提供的方法，並沒有其他獲救方式。

三、讓對方認為我方對他產生同情。

我搖搖頭。

老爸在其中一張桌旁坐了下來，拿出對講機。

「粕谷，聽得到嗎？我是冴木……」

然後等待回答。

「……冴木嗎？怎麼了？你在哪裡？我找了老半天。」

「你還相信保安部嗎？那些人不可能找到我的。」

「好吧，你打算讓我追到什麼時候？也該成熟一點，好好談一談吧！」

「好啊，怎麼談？一對一嗎？」

「我單獨去你指定的地點，在那裡談怎麼樣？」

「一個人不行，把泉美帶來。」

「泉美？」

「對，我兒子想帶她離開這裡。」

「看來他很中意我學生嘛。」

「雖然中意學生，但想殺了校長。」

老爸以慵懶的聲音說道，粕谷吃吃地笑了起來。

「冴木，那是你的想法吧？」

「也是啦。」

「好，那我就帶泉美一起去。地點呢？」

「等一下再跟你聯絡。」

老爸說完，便關上對講機的開關。

「不能讓他們反向偵測到電波。」

我點點頭。

「聽那傢伙的口氣，泉美在他手上。」

「會順利嗎？」

「你是問交易嗎？怎麼可能？我不是說了嗎？信他還不如相信魔鬼。」

「那該怎麼辦？」

老爸擺出抽菸的動作，我拿出菸盒扔給他。

「所剩不多，省一點抽。」

老爸點了一根七星淡菸，皺起眉頭。

「有人想要那傢伙的命，這一點很肯定。青山的那場槍戰，除了我以外，還有人想殺他。」

「知道對方是誰嗎？」

「受僱的殺手，問題在於對方怎麼知道那傢伙會去那裡。」

「這跟殺人魔有關嗎……」

「當然有關。殺人魔的目的，除了殺害這裡的第一代居民，還要讓他們認為這個城市並不安全，這麼一來，最頭痛的當然是粕谷。如果不是隨機殺人，那就表示兇手知道目標住在哪裡。」

「所以，是總部的人嘍？」

「如果粕谷待的地方可稱為總部的話，總部裡的人應該知道粕谷的行程吧？」

我頷首。

老爸舉起右手的對講機。

「粕谷，聽得到嗎？」

「——聽得到。怎麼了？冴木！」

「那幾名被害者有什麼共同點？」

「為什麼想知道？」

「兇手可能不止一人。」

「什麼!?」

我從褲子後口袋拿出粕谷給的那份被害人名單。剛才回「我家」察看時，我順手帶了出來。

我交給老爸。

「你仔細想一下再回答我，好嗎？」

老爸說完，關了對講機，開始看那份名單。

他看完之後，啪地一聲放在桌上，凝神遠望。

「……是喔？原來格安退休以後住在那棟房子。」

「你認識名單上的人嗎？」

「格安．吉村以前在泰國，把毒藥藏進冰塊裡，毒殺了一名美國軍官。我和那名軍官在曼谷的酒吧喝酒，他才說了一句『這酒味道怪怪的』，但已經太遲了……」

「原來你在現場……」

「我在場。那名軍官死了之後，我才知道格安的手法。美方解剖了屍體，驗出特殊毒藥。」

「你們關係很好嗎？」

老爸一臉不置可否。

「當時我們正在調查同一起事件，關於盜賣美軍武器的犯罪集團。那名軍官似乎掌握了某些線索。」

我嘆了一口氣。

此時，老爸手上的對講機傳出聲音。

「冴木，聽得到嗎？」

「聽得到，請說。」

「你想知道那幾名被害者的共同點。」

「對，你打算告訴我嗎？」

「那些人都是這裡一蓋好就住進來的住民。」

「就這樣？」

「對。」

「還有其他人嗎？」

「還有四個人。」

老爸想了一下。

「是什麼樣的人？」

「不能告訴你。」

「我想了解他們的情況。」

「為什麼？」

「難道你不想知道兇手是誰嗎？」

「只要逮到人，把他幹掉就行了。」

「沒那麼簡單，兇手可能不止一人。」

「你說什麼？」

「有人想破壞這個城市，當然，我是不反對啦……」

「難道是集團所為？」

「沒錯。」

對講機彼端安靜了下來。

「——我不認為殺了我可以得到什麼好處……」

粕谷終於開了口。

「搞不好是報仇呢？」

老爸冷冷地說道。

「冴木，只有你會這麼幼稚。」

「是嗎？你不可能沒跟人結過怨，應該只是多到想不起來吧。」

「……」

「怎麼樣？」

「我再跟你聯絡。」

粕谷語畢，便結束了通話。我發現他的聲音格外緊張。

4

過了一會兒，依然沒等到粕谷。過了快一個小時，老爸說：

「阿隆，你去先睡吧，看樣子那傢伙暫時不會跟我們聯絡。」

「他是不是有什麼打算？」

「也許吧。他正在思考可能的對象。」

「如果那傢伙抓到兇手，我們就沒有王牌了。」

老爸搖搖頭。

「我們本來就沒有王牌。那個金髮男未必殺了所有人。」

「什麼意思？」

老爸似乎察覺了什麼。

「我不認為這四個人基於同一個原因，被同一個人所殺。如果有，一定和這個城市有關。」

「我和泉美也這麼覺得。」

「所以，最有可能猜到兇手的就是粕谷，他應該察覺得到兇手的目的。」

我注視著老爸。

「你的意思是粕谷知道兇手，至少知道兇手的目的……」

老爸點點頭。

「既然這樣，為什麼還要向別人求助？」

「不知道。反正，你先睡吧！」

聽了老爸的話，我聳聳肩。老爸似乎也不願進一步說明。

我走到教室角落坐下，屈膝抱著雙腿，縮著身子睡覺。

「阿隆，起床了。」

我聽到老爸的聲音，睜開眼睛。最先聽到的是強風的呼嘯聲。

狂風吹過，感覺整棟校舍被吹得搖搖晃晃。

風聲不時夾雜著淅瀝淅瀝的雨聲。

老爸拿著槍站在教室門口。

「客人上門了。」

說完，轉身走出走廊。

我站起來，昏昏沉沉地跟了上去。

老爸在看得見戶外動靜的玻璃門前面停了下來。

雖然已過中午，但烏雲籠罩著天空。

外面正下著傾盆大雨，圍籬前面停了一輛車，車燈亮著。

我倒抽一口氣。

是ＢＭＷ；那個金髮男的車。

ＢＭＷ的車門打開了。

一個穿雨衣、戴帽的人影下車，跑向被鐵鍊鎖住的大門。

那人似乎有鑰匙，只見他拆下鐵鍊，用力把門打開。

接著跑回車上，發動引擎。

ＢＭＷ緩緩駛入通往這裡的路。

我驚訝不已，車子開了進來，警報系統卻沒有啟動。

「警報裝置沒開嗎？」

老爸搖搖頭。

「不，我又打開了。他在別的地方操作，關掉了警報系統。」

雨下得更大了，ＢＭＷ的雨刷快速刷動著。

圍籬外的樹木好像隨時會被吹倒。

「他到底來幹什麼？」

「可能跟你們昨晚來這裡的目的一樣。」

ＢＭＷ的車燈照在玻璃門上，我和老爸立刻躲起來。

「他要進來了。」

「我們躲那裡。」

我和老爸緊貼著右側走廊的牆壁，那裡正好是入口處的死角。

ＢＭＷ停在玻璃門旁。

對方下車後，打開門鎖。門一開，強風帶著豪雨吹進了校舍。

那人費了九牛二虎之力終於關上玻璃門，當場脫下滴著水的雨衣和帽子。

正是那個金髮男。

男人並沒有看向這裡，直接往左側走廊走去。射擊場就位在走廊深處的地下室。

「怎麼辦？」

男人的身影消失在黑暗中，我小聲問老爸。對方顯然是來拿槍的，他昨晚弄掉了一把貝雷塔，所以要找一把新的。

此刻，老爸正拿著金髮男的貝雷塔。

「靜觀其變。」

老爸小聲說道。

我們躲著等待。不久，金髮男再度從走廊深處現身，右手拎著一只沉重的皮箱。之前，我在槍枝保管室見過那只皮箱。

男人穿上雨衣，從我們身旁經過。當他站在門口時，老爸迅速走了出去，以英語說：「不許動！」

男人嚇了一跳，渾身僵硬。

「今天應該沒穿防彈背心吧，別做無謂的抵抗。」

「……」

男人沒回答，但老爸說：

「皮箱放下，雙手放在頭上。」

金髮男慢吞吞地照做了。

「好，轉身。」

老爸說道。金髮男乖乖從命。

「請教一下，為什麼殺害這裡的居民？」

老爸站在金髮男面前問道。對方目不轉睛地盯著老爸。

「——你是誰？」金髮男開口：「應該不是這裡的人吧。」

「我來這裡找迷路的兒子。」

「那就快滾吧！」

「那可不行，既然目擊了凶殺案，就不能視而不見。」

「外人不了解這個城市的事。」

「是嗎？」

金髮男的目光迅速掃向老爸和我，以及放在地上的那只皮箱。

「別動歪腦筋，趕快回答問題，為什麼殺了他們？」

老爸的語氣變得嚴厲。

金髮男的臉頰肌肉抖動了一下。

「我是奉命行事。」

「誰的命令。」

「無可奉告。」

「你在粕谷面前也會這麼說嗎？」

金髮男撇了撇嘴。

「他的作法有問題，現在已經沒人聽他的了。」

「那現在都聽誰的？」

金髮男正想回答，背後的玻璃門宛如爆裂似地頓時粉碎。

「趴下！」

老爸大叫一聲，我立刻趴在地上。

粉碎的玻璃被風吹散，幾十發子彈打在金髮男身上，中彈的衝擊力讓他像個機器人般手舞足蹈。

我無法抬頭，臉頰緊貼著地板，看著眼前的情況。

槍聲持續了數十秒，終於停止時，金髮男彷彿一塊破布般倒向地面。

「你們可以起來了。」

終於聽到一個聲音，我和老爸互看了一眼，小心翼翼地站起來。

三個男人拿著M16和黑克勒．科赫衝鋒槍站在被打得粉碎的玻璃門前。

粕谷站在中間。

老爸露出嫌惡的表情。

「為什麼殺了他？」

「這是本市對殺人兇手的處置方法。」

一身西裝罩著風衣的粕谷說道。

「他剛才說，奉命行事。」

粕谷沒回答，朝波多黎各人揮了揮手。對方跑進雨中。

「原來你們在監視。」

「有人告知，這裡是你們唯一的藏身處。」

粕谷踩著玻璃碎片走進校舍，看都沒看屍體一眼。

他停下腳步，隔著屍體，與老爸對望。

兩人手上都有槍。

「冴木，好久不見……」

粕谷說道。

波多黎各人駕駛的勞斯萊斯停在ＢＭＷ旁。我看到那輛車，恍然大悟。

泉美坐在後座。

亞裔法國人

不思議國度的打工偵探

1

泉美從勞斯萊斯的後座下車，踩著玻璃碎片，走進校舍。

「泉美……」

我還來不及開口，老爸便叫了她。泉美表情僵硬。

「是妳告訴粕谷的嗎？」

泉美沒看我，直視著老爸。

「而且，妳也知道這男人會來學校？」

「對，因為兇手需要新的武器……」

泉美以不帶感情的聲音回答。老爸吸了一口氣，看著粕谷問道：

「所以，監視這所學校也是你計畫的一部分嗎？」

「等一下，這是怎麼回事？」

我問道。完全聽不懂老爸和泉美的對話。

老爸看著我。

「我們在這裡的一舉一動都是他精心設計的。」

「咦？」

「搞不好他也料到我會追來找你。」

老爸語帶痛苦地說道。

我注視著泉美。她依然不敢正眼看我。

「我們第一次去你那個『家』時，那兩個監視的人不見了。接著，我們躲在格安．吉村的家，他們就來了。就算把他們關進地下室，他們又出現在這裡。阿隆，很遺憾，就是這麼回事。」

就是這麼回事？難道……

泉美是粕谷派來的間諜？

「泉美——」

我叫道。

泉美抬眼看我。她的目光清澈。

「這裡還有一個人值得我信任，粕谷泉美，我的女兒。」粕谷說道。

泉美輕輕點頭。

「妳說妳在夏威夷的孤兒院長大，所以……妳從頭到尾都在騙我!?」

「對不起，這是爸爸的命令，讓你覺得我們處境相同比較有利。」

泉美小聲說道。

「處境相同……」

我說不出話來。這表示她知道涼介老爸不是我生父，才佯裝自己是被帶來這裡的孤兒。

「太卑鄙了……」

我忍不住擠出這句話。她一度扮成監視我的人，還讓我看到她任務失敗被囚禁。我當然以為她是奉命而來。

事實卻不是這麼一回事。

「夠了，我對你這種作法感到噁心。」

老爸插嘴說道。

「妳不止是雙面間諜，還是三面間諜……」

我傷心不已。

我還以為她從監視者變成了真正的朋友。到頭來，她還是在監視我，我卻向粕谷要求讓她「自由」。

太可笑了。我實在愚蠢得可笑，眼淚都快流出來了。

「還真是個小丑啊！」

我說道。如果說不氣泉美是騙人的，但我更感到難過。我還以為在這個充滿背叛的城市裡，她是我唯一的盟友。

「珍．坎貝爾這個名字呢？」

「那是我媽的名字。」

泉美說道。

「粕谷，我中了你的計。」老爸忿忿地說道，並轉頭看他。「你算準了只要把阿隆帶來這裡，我一定會找上門。這一切都在你的計畫中。」

「你說對了。當我接獲發現橡皮艇的通報時，立刻想到是你。因為你不是那種輕言放棄的人。」

「所以，用對講機通話時，你故意表現得很驚訝。」

「我還以為這樣子你會比較高興……」

「其實你早就接到泉美的通知了。」

粕谷點點頭。他的動作還是那麼做作。

「這傢伙真聰明，真想打爆他的頭。」

保鑣朝老爸舉起M16，粕谷制止了他。

「別衝動，他們還有用處。」

「我就知道。把一個嘍囉打成蜂窩，也改變不了你目前的困境。他真的是保安部隊員嗎？」

老爸低頭看著躺在腳邊的那具金髮男屍。

「沒錯。原本以為他們只是看門狗，沒想到開始咬人了。要不要跟我們來？」

「如果我拒絕呢？」

老爸以低沉的聲音回答。

「我無所謂，反正死的是你和你兒子。」

「我不會讓你得逞的。」

老爸看著我，我輕輕點頭。

一眨眼工夫，泉美從連帽上衣口袋掏出一把小手槍，對準我的腦袋。

「冴木先生，如果不聽我爸的話，我就開槍。」

粕谷笑了起來。

「冴木，這就是我們兒女的差異。把槍放下！」

老爸重重地嘆了一口氣，放下了槍。

勞斯萊斯並沒有往總部駛去。我們一行人離開學校後，在風雨中奔馳，直到郊區一棟房子前停了下來。

這個城市雖然有許多漂亮房子，但那棟豪宅特別大，雙層樓的水泥建築十分堅固，幾乎稱得上是要塞，四周的金屬圍牆高高聳立。

高牆上有監視器，監視房屋四周的情況。

勞斯萊斯穿過金屬大門，駛入那棟房子的庭院。可容納四輛車、附有頂篷的停車場內，已經停了兩輛車；一輛是加長型賓士，另一輛是龐帝亞克（Pontiac）的火鳥跑車。

勞斯萊斯駛入停車場，那扇金屬大門在背後關上。看來是有人從屋內的監視器操作。

勞斯萊斯的引擎一熄火，介於主屋與停車場之間的門就敞開了。一名身穿白色上衣、服務生模樣的東南亞男子走出來。

粕谷開門下車。

「人都到齊了嗎？」

男子點點頭，操著外國腔的日語說：「將軍在等候各位——」

「好。冴木，跟我來。」

波多黎各人拿槍頂著老爸，老爸跟著粕谷下車，泉美尾隨在後，我也下了車，日本人最後下車，波多黎各人留在駕駛座上。

「現在又要幹什麼了？」

老爸冷冷地問道。

「你不是想見見草創時期的居民嗎？現在安排你們見面。」

「實在太榮幸了。」

「趕快帶路。」

粕谷命令白衣男。

「請走這邊。」

白衣男說著，打開了門。

屋內宛如宮殿般豪華，地板鋪著厚實的波斯地毯，牆上掛著成排的畫，還擺飾了許多陶瓷器等藝術品。

即使阿隆我的美術成績見不得人，也看得出滿屋子都是畢卡索的名畫和貴死人的花瓶。

整個空間給人一種壅塞感，原本應該陳列在寬敞空間的藝術品被硬塞在這棟屋子裡。相信屋主在原居地應該是個富豪。

白衣男沿著擺滿藝術品的走廊一直往裡面走，白色牆壁十分厚實，天花板挑高。走廊上都是厚實的橡木門，根本敲不破。

白衣男走在最前面，粕谷、老爸、泉美、我和保鑣一行人終於來到這棟房子最裡面的房間。

白衣男人恭敬地說完，敲敲門，隨後打開那扇沉重的橡木門。

「就是這裡。」

裡面是一間天花板挑高的大客廳。

左側有一座暖爐，正燃著熊熊爐火。中央有一張大理石桌，四個人圍坐在桌旁。

一走進大客廳，老爸看到那四個人，頓時緊張了起來。

他目不轉睛地盯著坐在暖爐旁那張皮革安樂椅上的老人。

四個人都上了年紀，坐在暖爐旁的老人年紀最大，其他三人隔著大理石桌，坐在老人對面。

有兩個白種人，其中一個是老太太，盤著一頭銀髮、氣質高雅。

「粕谷先生，你終於來了。」

坐在安樂椅上的老人，聲音沙啞地以英語問道。

「將軍，你看起來氣色很好。」

粕谷站在老人面前回答。

「中看不中用，只能在暖爐旁度日。」

老人朝暖爐方向揮了揮手。房間裡熱得要命，老人似乎沒感覺。

「這個城市的溼氣重，今天特別嚴重，老年人最受不了溼氣。」

「有**強烈**低氣壓靠近。」

「颶風嗎？」

「差不多吧！」

老人聽了粕谷的回答，微微點頭，其他人終於將目光移向我們。

「這些人是誰？」

「我女兒，還有我弟和他兒子。」

「你弟？我不知道你有弟弟。」

「因為一些原因，我們是各自在不同環境中長大的。」

「能不能讓我看看他的長相？」

老人說道，一旁的無名保鑣以槍口頂著老爸的背部。

老爸被推著向前走了一步，老人打量老爸，老爸也回望著他。

「你叫什麼名字？」

老人問老爸。

「我叫冴木涼介。將軍，我很驚訝你還活著。」

老人皺眉。

「你認識我？」

老爸點點頭。

「十五年前，你的國家發生了革命，你被驅逐出境。由於你在國內大肆鎮壓，法國、美國、加拿大都拒絕你入境長住。你不配成為一名獨裁者，更不配當一個人。被你旗下的祕密警察拷問致死的人超過十萬。」

「冴木，你太沒禮貌了。」

粕谷以英語說道，但老爸不理他。

「十二年前搭私人飛機流亡到墨西哥，途中下落不明，沒想到你在這裡……」

「沒錯，我住在這裡。在我國發生革命之前，我就委託粕谷替我管理部分財產。」

「那不是你的財產，是在你鎮壓之下苦不堪言的老百姓的財產。」

「愚蠢的老百姓不需要藝術品，他們需要的不是畢卡索的畫和米開朗基羅的雕刻，而是鐵鏟和鋤頭。」

「冴木，夠了，別說了。」

粕谷這次以日語說道。

老爸回頭看著他。

「你也是人渣，這老頭子連禽獸都不如，是魔鬼，是吸老百姓的血自肥的獨裁者。」

「那又怎樣!?有什麼好驚訝的！難道你不想認識其他三位嗎？」

老爸不情願地看向其他老人家。

「那我就洗耳恭聽了。」

咚地一聲，其中一人站起來。不是老太太，也不是另一個白人，而是一位東方男士。

「粕谷，立刻把這個無禮的傢伙趕出去，我不允許有人對將軍出言不遜！」

他指著老爸咆哮道，禿亮的頭頂氣得通紅。

粕谷冷冷地說道。

「上校，請坐下。我帶他過來，是因為他對你我還有利用價值。」

「到底有什麼利用價值!?如果在我們祖國，已經構成了忤逆罪，立刻處死。」

那個叫「上校」的男人似乎是「將軍」的隨從，現在依然效忠「將軍」。

「我知道你是誰了，你是祕密警察的長官胡旺上校。」

老爸以英語說道，禿頭老人瞪大了眼。

「你認識我？」

「你在逃亡期間，分別在兩個國家因涉嫌拷問『將軍』的女傭致死，以殺人罪遭到通緝。」

老爸看著牆壁說道。

「胡說八道！她們是想暗殺『將軍』的革命分子。」

聽到「上校」的回答，老爸露出嚴厲的眼神看著他。

「每次被你懷疑是間諜的都是年輕女孩，你在國內就以拷問年輕女孩出了名。」

「你、你是誰……」

上校臉色發青。

粕谷緩頰道。

「好了好了，上校，這表示大家都對你心生畏懼嘛。」

「另外兩個人是誰？」

老爸以日語問道。

粕谷說明，那個白人老太太名叫瑪麗·佩特羅伐，另一位白人是她丈夫理查·朗格雷。他們原本是敵對陣營的間諜，三十年前，兩人拋棄了祖國結為夫妻，並且各自拋棄了原本的家庭。他們擔心遭人追殺，躲在西班牙鄉下，在得知這個城市的計畫之後，便移居至此。

「是信任的人向我們推薦的。」

老太太說道。

「我們已經做好了心理準備，無論活到幾歲，都會因為叛國賊的罪名被追殺，就算我們已經遺忘，祖國也絕對不會原諒我們……。這裡是我們第一次感到內心平靜的地方。」

「是誰向你們推薦的？」

老爸問道。

「無可奉告，他是我們這一行難得講信用的人。」

「亞裔法國人。」

老爸嘀咕道。老太太驚訝地睜大了眼。

「你怎麼……？」

老爸臉上露出痛苦的表情。

「果然是……」

老爸說著，看向粕谷。

「我沒猜錯吧！」

「朗格雷先生是密碼破解天才，我的學校無論如何都需要他。」

粕谷若無其事地說道。我想起老爸的養父是亞裔法國人，那位老太太口中值得信賴的人一定就是老爸的養父。粕谷用這位老先生的名義博取這對夫妻的信賴，再請他們搬過來。

老爸嘆了一口氣，閉上眼睛，以日語說：

「我絕不會忘記你對他做過的事。」

「你也看到了，這對夫妻在這裡過著平靜的生活。」

「其他人呢？」

「那些人年事已高，十幾年來陸續蒙主恩召了。」

粕谷也以日語回答。

老爸沒說話，客廳裡陷入凝重的氣氛。

坐在安樂椅上的「將軍」打破了沉默。

「粕谷先生，差不多該說說今天聚會的主題了吧？」

粕谷抬起頭。

「有人想控制這座城市。」

「有人——是什麼意思？」

「將軍」皺眉。

「目前還不了解此人的身分，不過這個人已經滲入市中心，我認為他企圖把草創時期的元老殺光。換句話說，他想**霸占**這座城市。」

粕谷說道。

2

「霸占？辦得到嗎？」

「將軍」以懷疑的口吻問道。

「有可能。我相信各位都了解，這個城市非常特殊，而且沒有實質的支配者。這裡的居民若非主動移居的前輩，就是從世界各地挖角而來的教育生，這是這個城市的體制。總部統籌管理體制，由我掌握總部所有事業，但我只負責保安部和教育生，無權管理這裡的居民。移居到此地只有兩個條件，就是提供資金或技術。我認為之前經營得相當出色，靠各位的技術所培養出來的特務，在世界各地活躍。這個城市所具備培訓特務的能力，令CIA和KGB等大組織也刮目相看。而且，這裡還有另一項價值，也就是適合養老。然而，如今卻有人試圖破壞，讓渴望和平的人開始想逃離這裡。」

粕谷說道。

「到底是怎麼回事？」

上校不耐煩地問道。

「有人想打造一座一模一樣的城市。」

老爸說道。粕谷驚訝地望著他，以日語問：

「冴木，你怎麼會……」

「很簡單，如果有人想破壞這個城市，那就是為了報生意上的仇。有人跟以前的你一樣，想要打造一處新的安養地，並使那裡成為新的間諜培訓中心。」

「為什麼要這麼做？」

泉美第一次開口，老爸仍然看著粕谷回答：

「因為渴望握有權力。我相信那個人也一樣，想在幕後操控歷史。」

「為什麼要殺害住在這裡的元老？」

我問道。

「或許對方想讓其他居民認為，這裡並非安養之地。同樣是殺人，大家對於遇害者是新住民或老居民的警戒心不一樣。而且，殺害退休人士比殺害新住民所造成的衝擊更大，讓人覺得不管躲了多少年，這裡還是不安全。」

「……」

「粕谷，我沒說錯吧？」

「你們在說什麼？我們聽不懂日語！」

上校心浮氣躁地說道。老爸露出嘲諷的笑容，對粕谷說：

「你解釋給他們聽吧，就說商場上的仇人想搞垮你的公司。」

「怎麼可能嘛！」

粕谷以銳利的眼神看著老爸。

「我就知道。住在這個城市的人，都有一段過去，四處尋找安度晚年的地方。如果這裡不安全，他們就會像拋棄沉船一樣，另覓新天地，對你沒有任何道義。」

粕谷用力呼吸。

「無論在檯面上還是檯面下，掌權者總有一天會被其他人拉下台。」

「冴木……」

「我之前誤會了。以為你向島津求助，是要他幫你抓到殺人兇手，顯然不是這麼一回事。你早就發現兇手在這裡大開殺戒的原因，是為了破壞這個城市，所以，你向島津提出要求，希望日本政府能保障這裡居民的安全，而你提供金錢與特殊技術做為交換條件……」

原來如此，所以島津先生才會斷然拒絕。

這個世界上應該沒有一個國家為了得到殺人方法，保護被世界各國通緝的虐殺者和叛徒。即使政府有這個意願，島津先生也不會同意。

「日本政府提供的安全保障是本市的最後一張王牌，當你拿不到這張王牌，就決定與這個新的競爭對手全面對決。於是，你利用阿隆把我捲入這場對決。你知道我打從心底厭惡這種卑劣手段，所以打算利用我。」

「……」

粕谷沒回答，在旁邊的椅子坐下，右手伸進西裝內側，掏出一支很粗的雪茄。

他慢慢點火，吐著煙。

「冴木，你說對了，所以你逃不了啦，不是與我並肩作戰，就是死在這裡。」

他抬眼說道。

老爸深深吸了一口氣。

「阿隆，菸。」

我還在佩服老爸膽識過人，他就沉不住氣了。敵人抽的是古巴雪茄，他抽的是七星淡菸，而且還是要來的。

我有點失望，但還是拿出菸，遞給了他。

「將軍」說：「請勿在此吸菸，醫生警告過，二手菸會影響我的支氣管。」

「別擔心，如果我們談判破裂，包括你在內，這裡的人都不必擔心死於肺癌。」

老爸冷冷地說道。

「你……，我饒不了你！」

上校踢開椅子。

「住手！你們在這裡信得過的人只剩下眼前這幾個了。」

粕谷尖聲喝斥道。

「什麼……」

上校目瞪口呆地看著粕谷。朗格雷開了口。

「粕谷先生，你的意思是，敵人已經滲透到這個城市的中樞了嗎？」

「很遺憾，正是如此。我不知道想霸占這個城市的傢伙有什麼計畫，但他應該會把僅提供資金、無法提供技術的人殺光。」

「既然這樣，為什麼殺了格安．吉村？」

泉美問道。

「應該是吉村發現了對方的計謀，而對方很想得到他的暗殺技術。吉村在草創時期就搬來這裡，也算是一流的講師。對方遊說他加入卻遭拒，索性幹掉了他。」

我想起格安·吉村的屍體。他在毫無防備的情況下遇害，顯然認識兇手。

「其他人年紀都太大了，既當不了特務，也不可能做講師了。」

老爸嘟囔著。

「粕谷先生，我放在你那裡的援助資金差不多該拿回來了吧。」

「將軍」說道。

粕谷露出冷笑。

「『將軍』，大部分已用於興建這座城市了，一旦這裡被霸占，我們就一無所有了。」

「太荒唐了！你簡直就是強盜！」

上校咆哮道。

「『將軍』，離開這裡吧，當初的專用機還留在機場，我們可以搭機離開，再申請流亡到墨西哥。」

「敵人是不是打算把你排除之後，留下這座城市？」

朗格雷問道。

「若果真如此，只要暗殺我一個人就可以解決問題了。我相信敵人應該打算在其他地方建造一個新的城市。」

「為什麼要把事情弄得這麼複雜，只要殺了你，不就能夠霸占這裡嗎？」

「將軍」問道，他顯然比上校冷靜多了。

「有兩個理由。」老爸說：「首先，如果在原地建立一個新的安養地，不太能夠改變原先的印象。如果留下這個城市，暗殺管理者再取而代之，那就跟發動政變的國家一樣，無法讓日後的移民安心。另一個原因，應該是主謀者對粕谷有私仇。他想要徹底摧毀粕谷創造的一切，在別處建立一模一樣的體制，徹底擊垮粕谷。」

泉美驚訝地看著粕谷。

「爸，是這樣嗎？」

「若如他所說，你應該知道敵人是誰。」

「將軍」說道。

粕谷沒說話，把才抽了幾口的雪茄摁熄，眼神銳利地看著老爸。

「冴木，你太了不起了，既然這麼聰明，怎麼還會跑來這裡？」

「我不是來幫你的，記得跟你說過，我是前來克盡家長的責任。」

老爸陶醉地抽著已變短的七星淡菸答道。

「這裡的安全性已經低到什麼程度？」

慌。

老太太問道。她也很鎮定，舉止依舊優雅，畢竟是前情報員，面對死亡危機毫不驚

「保安部有人倒戈，不妨認為這二十名成員都有問題。」

此時，有人敲門，粕谷的保鑣前去開門，那個波多黎各人神色緊張地站在門口。

「總部發布緊急命令，禁止所有人外出，全體教育生立刻回總部集合。」

波多黎各人慌張地說道。

「看來已經開始了。」

老爸說道。泉美猛然看向粕谷。

「我沒有發布這種命令。」

粕谷靜靜地說道。

「你應該早就料到會發生這種情況。如果我們不來這裡，而是去總部，現在早就沒命了。」

老爸冷冷地看著粕谷。

「『將軍』！我們趕快離開這裡！」

上校大叫。

「別慌！你們逃不出去的！機場和港口都被封鎖了！」

粕谷朝上校吼道。上校臉色蒼白。

「開什麼玩笑！我可不想跟你一起被幹掉！」

「粕谷先生，你的逮捕令應該很快就會下來了。」

不愧是擅長處理這種局面的前獨裁者，「將軍」不慌不忙地說道。

「沒錯，你們只要搬去新城市，即可免於一死。」

老爸說道。

「不行！」

粕谷站了起來。

「把這裡變成安養地和特務培訓中心，當初是我想出來的點子，除了我以外，沒有人能夠統轄這個體制。我怎麼可能坐視不管，無論是居民還是學校，我都不會放手。」

「差不多該把敵人的底細告訴我們了吧？」老爸泰然自若地問，「你不惜拉攏我一起對抗的敵人到底是誰？」

粕谷重重地嘆了一口氣，看著老爸，臉上露出奇妙的表情。

「是啊，也差不多該告訴你了……」

老爸說著，又拿了一支菸叼在嘴上。粕谷坐下後娓娓道來。

「這個城市是在十二年前建造的，我受到那個亞裔法國人的啟發，萌生打造這座城市的構想，花了八年的時間籌備。在這段期間，我根據亞裔法國人提供的情報，與多位已退休的特務取得聯繫，挑出具備資金及技術的人做為這裡的居民。當然，那八年期間，有幾個原本符合條件的人遭到暗殺或壽終正寢，這也是無可奈何的事。

「我的計畫在十五年前開始落實。最關鍵的原因就是『將軍』預知他的國家將發動政變，因此向我方提供龐大的金援。我透過自營的貿易公司開了一家休閒地開發公司，買下這裡的土地，打造一座適合居住、安全性及隱密性高的城市。待落成之後，立刻迎接八位移民及其家屬，分別是之前遇害的萊恩哈多爾、凱尼希、格德諾布、吉村，以及坐在這裡的四位。同時，我創立了一所特務培訓學校，開始教育那些來自世界各地、無依無靠的小孩。」

「真了不起。」

老爸低聲說道。

「計畫如期進行，這個安養地透過口耳相傳，許多希望移民的人都把錢匯進了我在瑞士銀行的匿名帳戶，錢像洪水般湧進來。我拿這些錢充實了這裡的設備；為了提高安全性，也組織了保安部，還添購了培訓學校的教材。同時，我採取了預防措施，讓外人無法掌握這個城市的位置。目前只有這裡的居民及買通的部分日本政客知情。那些政客也不了解這座城市的實際情況，因為知情者我都事先封了口。」

「但是，並沒有做到滴水不漏，因為我現在就在這裡。」

老爸說道。粕谷搖搖頭。

「你又另當別論。你是日本人，而且是頂尖的、唯一同時具備這兩種條件的人。如果有人想潛入，也只是想暗殺這裡的居民。即使殺手再高明，也沒有任何一個日本人有本事潛入這裡。在日本，尤其在這個人口密度過疏的地方，一旦有外國人出現，格外明顯。即使有外國職業殺手試圖潛入，我安插在鄰村負責監視的人一定會發現。我之所以把這個城市建在日本，就是這個原因。」

我想起老爸在格安．吉村家的地下室也說過相同的話。

「在這個城市落成的五年後，也就是七年前，學校送出了第一批畢業生。這些畢業生一如我的計畫，在世界各地擔任自由特務，不屬於任何組織，每次和不同的僱主簽約，並完成任務。一些新興國家發現這些特務相當優秀，希望我能讓他們的軍官來這裡留學。當然，我也接受了，並採用一些方式把留學生帶來這裡，讓他們完全不知道城市的所在位置，然後開始接受教育。教育期間分為六個月和一年，完成一年課程的人所具備的能力可以馬上成為一級特務，投入實戰。」

「你這套方式訓練了多少間諜？」

「不下五十人，town已經成為知名的一流培訓中心。」

聽了粕谷的話，老爸怒目相向。

「你真的認為這可喜可賀嗎？若真是如此，那你比〇〇七電影裡的壞蛋更天真。」

「我們畢業生的生存率將近百分之九十，在折損率極大的情報戰世界裡，你不認為這個數字很驚人嗎？」

「所以，還是有百分之十的畢業生送命。如果你沒辦什麼培訓學校，這些年輕人就不會學習殺人方式，也不會被殺害。」

「車禍的死亡率更高。」

「你別再扯了！」

老爸的怒氣終於爆發了。

「你想一下，那些人都在幹什麼？謀略、背叛、告密、暗殺、破壞、威脅、拷問……，這些都不是人幹的。你想培養這種人操控世界嗎⁉」

「只有蠢人才會指責先驅。」

「少臭美了！你口中的先驅和凶器製造者，跟那些死亡商人的爪牙科學家沒什麼兩樣。對你來說，人命不值錢，根本就是棋盤上的棋子，死了一個，還可以再找新的；一旦沒用了，就隨手丟棄。你曾經把他們當人看嗎？」

「我為畢業生的死感到痛心。」

「是你殺了他們，不管是他們還是被他們殺害的人，全都是你害死的。」

我看到泉美靜靜地吸了一口氣。粕谷一派泰然，但泉美不一樣，臉色越來越蒼白。

「……但是，有個我以為已死的畢業生好像還活著。」

粕谷靜靜地說道。

「什麼？」

老爸反問。

「他打算向我復仇，霸占這個城市，奪走我建立的一切。」

「他就是殺人魔嗎？」

「在第一期的畢業生當中，有一名成績超級優異的學生，六年後，我接獲他在以色列罹難的消息。我難以相信，因為不管在成績或血統方面，他都是無懈可擊的優等生。」

「血統？」

老爸反問。

「對，血統。他父親是優秀的特務，他在十五歲那年失去了父親。建造這座城市時，我找到了他，他剛從巴黎大學畢業，於是我建議他投入這一行。」

「不會吧——」

老爸嘀咕道。

「猜對了，他就是亞裔法國人的兒子。」

粕谷說道。

3

即使旁人也看得出老爸愕然不已。

「他……兒子……」

「冴木，你應該認識。」

粕谷以冷漠的眼神看著老爸。

「你這傢伙……」

老爸咬牙切齒地說道。

「你不僅害死他，連他兒子也……」

「我分析了多種可能性，認為這次計畫的主導者只有他。他的名字叫克羅德·陳，是第一屆畢業生，通曉城市裡的大小事，也是學弟妹的偶像，傳說中的學長。

「培訓學校至今無人能超越他的成績，如果他還活著，絕對是年輕畢業生和保安部隊員的精神領袖。對生活在這裡多年的居民來說，至今依然很信賴他父親——亞裔法國人。如果克羅德得知他父親去世的真相，肯定會破壞這個城市對我報仇的。」

老爸緩緩地搖頭。

「你不可能告訴他真相，我也沒辦法告訴他。因為從那次之後，我就沒見過他了。」

老爸說的那次，一定是二十年前發生的那件事。粕谷把老爸和祖母當成人質，逼亞裔法國人提供情報。後來，對方就自殺了。

「——我成年後，曾多次尋找克羅德，想報答他父親的恩情，但還是找不到他……」

「他在這裡。」

粕谷說道。

「之後，他成為優秀的特務，六年來的表現亮眼。然後，我接到了他的死訊。接下來，他花了一年的時間調查父親死亡的真相，伺機向我復仇。」

「他為什麼沒來找我……？」

老爸呻吟地問道。

「你為了向我報仇，進入特務的世界，任何人只要涉入這個領域，到死都沒辦法脫離。即使你成為私家偵探，做的是另一種工作，你的信用還是值得懷疑。克羅德在執行攻占計畫之前，必須隱瞞自己還活著的事實。」

「如今，他卻走上他父親最不樂見的一條路。」

「冴木，這是夢想。克羅德跟我以前一樣，夢想在幕後操控這個世界。但是，我不會給他的！我絕不會把這個城市和我建立的體制拱手讓人！」

老爸目不轉睛地看著粕谷，平靜地問道：

「粕谷，你做了什麼？」

「什麼意思？」

「你沒去總部，卻帶我們來這裡，應該是察覺到總部已經失控了吧。你建立的體制就是這座城市，關係到每一位居民的真實身分。我不知道這裡有多少退休間諜和流亡分子，但如果他們都移居到克羅德的新城市，那就表示你輸了。」

「我知道。」

粕谷的語氣很得意。

「所以，你只有一個方法可以反敗為勝，那就是不要把人交給克羅德。」

一陣敲門聲傳來，門打開了，身穿白衣的服務生站在門口。

「什麼事？」

「將軍」問道。

「保安部隊包圍了房子。」

服務生以英語說道。話聲未落，玄關方向傳來激烈的槍聲。接著，屋內響起凌亂的腳步聲，一群武裝士兵衝了進來。

轉眼間，幾支槍的槍口對準了客廳裡的我們。

總共有八名士兵，其中一人向前一步，對粕谷說：

「『校長』，我們要把所有人帶回總部，包括你在內。」

在狂風暴雨中，勞斯萊斯載著我們，在保安部車隊的包圍下駛向總部。雨刷在傾盆大雨中幾乎發揮不了作用，由於當地的地形朝海面突出，因此，整座城市都受到暴風雨的影響。

總部的建築物內部顯得格外空蕩。

之前我被帶來這裡時，看到好幾名身穿白袍的男女。如今，畫橘線的長廊上不見半個人影。

士兵把我們分成兩組。一組是「將軍」、上校、朗格雷和佩特羅伐等這裡的居民，另一組是粕谷、老爸、泉美和我。

我們四人被帶到粕谷位於總部頂樓的辦公室。

士兵敲門，裡面傳來英語的應聲：

「進來。」

士兵開門，房間裡有一位身穿保安部制服的男人站在我之前看過的那顆巨大地球儀前面。

對方體形很高大，年紀和老爸相仿或是年輕幾歲，臉孔曬得黝黑，端正的五官一看就知道是混血兒，腰際掛著槍套。

他面無表情地看著我們在士兵的帶領下走到牆邊。

「果然是你……」

士兵舉著M16站在我們左右兩側，粕谷開口說話了。

男人沒回答，大步走到粕谷身旁的老爸面前。

他和老爸目不轉睛地互望。

「克羅德——」

終於，老爸輕聲叫喚對方的名字。

「涼介，我們有四分之一世紀沒見面了。」

老爸輕輕點頭。

「你在這裡幹什麼？」克羅德平靜地問道。

「來接我兒子。」

聽到老爸的回答，克羅德看向我。

「你是涼介的兒子？」

我點點頭，那雙藍灰色的眼睛看著我。

「叫什麼名字？」

「阿隆，冴木隆。」

克羅德緩緩點頭，再度將目光移向老爸。

「我不知道你在這裡。」

老爸說道。

「我在這裡住了五年，七年後，我又回來了。」

克羅德說道。

「你什麼時候回來的？」

粕谷叫道。克羅德回頭看著他。

「在你不知情的狀況下搭B29回來。那天晚上，塔台的管制員剛好都是我學弟。」

我恍然大悟。那天晚上，我看到一架B29降落。

「之後，你就一直躲著嗎？」

克羅德得意地笑了。

「因為這個城市又多了不少空屋。」

「克羅德，你想幹嘛？」

老爸問道。

「我要從『校長』手上拿回他從我父親那裡奪走的東西，然後一切重來。」

「即使這麼做，亞裔法國人也不會高興的。」

「他當然會高興，兒子繼承父親的衣缽，怎麼可能不高興？」

「不，克羅德，你錯了。」

老爸難過地搖搖頭。

克羅德的目光從老爸身上移開，退了一步，輪流審視我們四人。

「我已經控制了這座城市，我包下的船隻很快就會把這裡的居民和財產運走，船會開往我興建的新城市。」

「你也要帶走教育生嗎？」

老爸問道。

「當然，培訓學校只是更換地點，所有講師都和以前一樣，只有我取代了『校長』。」

「愚蠢至極！你以為你辦得到嗎？」

粕谷咬牙切齒地說道，克羅德回頭看著他：

「我繼承父業的第一件事，就是要讓你從這個世界上消失。」

然後，他看著泉美。

「泉美，好久不見了。最後一次見到妳時，妳才十歲，我們還曾經扮演過相差很多歲的兄妹。」

泉美神色緊張地看著克羅德。

「你也會殺了我吧？」

「我希望復仇到此結束，如果讓妳活下來，下次就會輪到妳追殺我。」

「克羅德，別這樣，你的想法是亞裔法國人最不想見到的。」

「涼介，我希望你是真的洗手不幹了，但既然在這裡見了面，也必須要求你保密。」

「……」

「你們父子倆得跟我們一起去新城市，你可以當講師，你兒子一定是很優秀的學生。」

「我拒絕。」

老爸說道。

「我不會讓我兒子當間諜。」

「你沒有權利拒絕，拒絕必須付出生命的代價。」

我只想平靜地度過青春歲月，為什麼會落到這個地步？

「我不想死，也不想當間諜。」我以日語對老爸說，「你幫我轉告他。」

克羅德面帶微笑地說：

「今天是你改變命運的日子，每個人都必須成長。」

他的日語相當標準。

「我的成長之路，是考上大學，畢業後找一份規矩的工作，即使不起眼也沒關係。」

我說道。老爸一臉錯愕地看著我，但我繼續說：

「間諜的工作應該很刺激，也很精采，但我並不想操控全世界，只想當一個平凡的上班族，享受星期天帶家人去芳鄰餐廳吃一千五百圓牛排套餐的喜悅。」

克羅德無言以對，我滔滔不絕地把悶在心裡的想法一吐為快。

「當打工偵探也不是我心甘情願的，況且，我正面臨畢不了業的危機，你們知道嗎？我眼前最大的煩惱是能不能在三年內把高中念完。拜託各位，不要把我捲入這種仇恨啦、間諜之類的事，我嚮往和平。我的樂趣是騎車載女生去海邊吃冰淇淋，一點也不想學會用槍、製造炸彈及開鎖的方法。如果要我學這些，還不如念我最討厭的數學和日本史。拜託你們，能不能放了我一馬？」

沒有人說話，老爸驚訝地搖搖頭。粕谷的喉嚨深處突然發出呵呵呵的聲音，我看向他，他終於忍不住笑了出來，還笑彎了腰，似乎覺得太滑稽了。

泉美緊咬嘴唇，好像隨時都會哭出來。

「有什麼好笑的!?」

克羅德怒斥粕谷。粕谷笑翻了，一時說不出話，一旁的士兵以槍口捅了捅他的肩膀。

「克羅德，你不覺得很好笑嗎？我的想法跟你一樣，我們發自內心覺得這個世界上沒有比特務更了不起的行業了，但這個年輕人呢？他經歷過多次危險，好幾次幾乎送了命，卻說數學比射擊更重要。克羅德，我們輸了，我想把他培養成一流的特務，看來他不適合。你放棄吧！再多的金錢、刺激冒險，以及操控全世界的興奮感對他而言毫無吸引力。」

「本來就是嘛！」

我對老爸說道，老爸朝我露齒一笑。

「你不怕死嗎？」

克羅德直視著我問道。

「當然怕，但我更討厭殺人。」

克羅德吸了一口氣，移開了目光。

「夠了。我知道了，等完成啟航準備，再決定怎麼處置你。」

士兵把我們帶離了那個房間。

我們四個人被分成三組關進「牢房」。老爸和粕谷分別被關在不同的房間，我和泉美在同一間。一整排「牢房」中，還關著不聽從克羅德命令的保安部隊員和總部員工。

泉美垂頭喪氣地坐在床上，我靠在鐵門上。

我們有好一會兒都沒說話，不久，泉美終於開口了。

「為什麼說那些話？」

「哪些話？」

「你說你不想當教育生，會被幹掉耶。」

「還不知道會不會殺我呢！」

泉美訝異地睜大了眼睛。

「你不可能違抗他們的。」

「我就是討厭別人決定我的生活方式。」

「難以置信。」

泉美搖搖頭。

「我才沒辦法相信妳。妳才十七歲……，如果妳沒說謊……，居然對打扮、化妝和交男友完全沒興趣。」

「我怎麼可能沒興趣，只是環境不允許！」

泉美十分激動。

「我就是討厭妳這種想法，什麼環境不允許。如果環境不允許，那就反抗啊。妙齡少女對男生有興趣乃是天經地義。」

「——我沒辦法做天經地義的事。」

泉美小聲說道。

「所以我才會邀妳一起騎車去原宿啊！」

「你怎麼還在說這種話!?那些都是演戲，是為了博取你的信任！」

「我知道。那我問妳，當時，妳完全沒有想去的念頭嗎？」

「……」

泉美閉口不語。

「妳騙我，我當然很火大，但仔細一想，發現妳在這裡學的就是這些事。既然這樣，妳更應該嘗試其他事情，試試普通女孩做的事。」

「沒機會了。我們會被幹掉！」

「學校裡教你們遇到狀況就放棄嗎？萬一被敵人抓到，可能被槍殺時，最後只能祈禱，然後放棄嗎？」

「你也太奇怪了，難道我們還有救嗎？你以為克羅德會放過我們嗎？」

「誰知道，在被幹掉之前，或許有機會逃命。」

「你在開玩笑吧？」

泉美瞪大了眼，眼尾閃現淚光。

「都結束了。」

「不會的！」

說著，我隔著鐵門探看，走廊上並沒有監視的士兵，於是我把手伸進右腳的襪子裡。

泉美看到後，張大了眼。

「你怎麼會有這個!?」

「巧合，只是想說可能會遇到這種情況。」

我說道，並把開鎖的金屬棒遞給她。其實是之前被粕谷追捕逃進學校時，老爸把其中一支金屬棒遞給我，叫我帶在身上。老爸的手槍和衝鋒槍都被沒收了，不過士兵搜身時並沒發現金屬棒。

「妳打得開這扇鐵門嗎？」

泉美看著我手裡的金屬棒，輕輕點頭。

「那就動手吧！」我說道。

4

我們打開鐵門，來到走廊上。必須趁士兵發現之前把老爸救出來。

泉美顯然想救粕谷。我們查看每一間「牢房」。

首先找到粕谷的「牢房」。

泉美正在開鎖，我說：「開完這個之後，再去救我爸。」

「我知道。」

泉美咬著唇點點頭，粕谷默不作聲地看著女兒。

鐵門打開了，粕谷不發一語走出來，一把搶走泉美手上的金屬棒。

「爸！」

粕谷將左手伸向西裝衣領，下一瞬間，挑出一片如刀片般的金屬片抵上我的喉頭。

「阿隆，你進去。」

「爸，別這樣，我跟他約好了。」

「不好意思，約定取消了。」

粕谷冷冷地說道。泉美呆然地望著他。

「我就知道。」

說著，我搖搖頭，猛然用膝蓋頂向他的雙腿之間。

粕谷「呃」的一聲彎下腰來，他似乎沒料到我會使出這一招。泉美撞向他，他的身體撞到鐵門，發出巨大聲響，金屬棒從他右手掉了下來。

我撿起金屬棒狂奔，泉美緊追在後。我邊跑邊回頭，粕谷露出猙獰的表情看著我們，隨即跑向相反方向，應該是去拿武器了。

「久等了！」

我來到老爸的「牢房」前大叫。沒時間磨蹭了。

躺在床上的老爸立刻站起來。

「實在太久了，我還以為你們小倆口把我忘了。」

泉美急忙開鎖，老爸挑眉說道。

「她居然肯幫忙。」

「交換條件是帶她去原宿約會。」

「你們在幹什麼？不許動！」

聽到聲音，我們猛然回頭。一名手持M16的士兵站在走廊上瞄準我們。

一聲槍響，士兵頓時向前撲倒。

是粕谷，他拿著手槍站在那名士兵身後。

「泉美，快過來！」

粕谷大叫。鐵門打開了。

泉美看著我。

「如果我不去，我爸會向你們開槍。」

她眼中泛著淚光。

「還在磨蹭什麼！快過來！」

粕谷從已斃命的士兵手上搶過那把M16吼道。

泉美突然把嘴唇貼在我的唇上說：

「如果可以活著離開……，如果可以在東京見面……，別忘了我們的約定。」

槍聲再度響起，粕谷開槍掃射走廊盡頭的其他士兵。

「好，再來都立K高中找我。」

泉美點點頭，轉身跑向她父親。

「老爸，怎麼辦？」

我問走出「牢房」的老爸。

「阻止克羅德。」

「你還在做夢嗎？」

「粕谷說絕不能讓居民離開，這表示居民不可能活著離開這座城市。」

「你是說……」

我的腦海中浮現可怕的想像，就像〇〇七電影的最後一幕，祕密基地大爆炸。

「別問這麼多，快來！」

老爸邊叫邊跑了起來，從一名中槍、在地上掙扎的士兵手中搶過M16。

轉角處又出現兩名士兵，可能是聽到槍聲趕了過來。

他們一看到我們，立刻蹲跪舉起M16。

「快躲起來！」

老爸大叫。但即使叫我躲，左側是牆壁，右側是鐵門，根本無處可躲。

槍聲響了，其中一名士兵倒下。

粕谷和泉美從轉角處的另一側現身了。

「粕谷！」

老爸叫了他一聲。當他看過來時，另一名士兵開了槍，他的身體晃了一下，便跪在地上。

「可惡！」

老爸嘀咕了一句，順手抄起M16掃射，士兵按著肩膀蹲了下來。

「冴木！」

粕谷在泉美的攙扶下站起來，鐵青著臉喊道。

「冴木，要不要做個了斷？」

「爸，不要！」

泉美抬頭叫道。

「下次吧！我還要去阻止克羅德！」

老爸瞪著粕谷吼道。

「他知道自己失敗了。」

粕谷語帶嘲諷地說道。

「他的船只要一離開日本領海就完了。」

「混帳！你出賣了其他居民。」

聽到老爸這麼說，我忍不住問：「什麼意思？」

「這傢伙為了阻止這裡的居民離開，把這個城市的所在地和居民名單透露給各國的情報組織。只要預先把資料輸入電腦，在緊要關頭按下按鍵就能發出去了。」

「你說對了，就是這麼一回事。」

粕谷按著腹部，大口喘著氣說道。

「這些人當中，有些人在自己的國家已被判了死刑；有些人是各國情報組織不惜一切代價追捕的叛徒。現在，世界各國的**核子潛水艦**已趕到日本海，想緝捕他們歸案。」

「他們如何辨識出克羅德的船？」

「那應該是一艘大型船，而且不走定期航線，一眼就能辨認是從這裡離開的。利用飛機脫逃也一樣。」

老爸答道。

「那日本的自衛隊呢？還有海上保安廳啊。」

「一旦進入公海，他們就沒有權限了。」

「克羅德已經完了，除了這個城市，不可能有第二個安養地。」

粕谷撇著嘴說道。

「不阻止克羅德的話……」

「我不能讓你走。」

粕谷扣下M16的扳機。泉美默默地撥開槍身，槍口吐出的子彈在天花板和牆壁上打出一排彈孔。

「住手！別再打了！」

「不要阻止我！」

粕谷一把推開泉美。

此時一聲轟隆巨響，緊接著是劇烈震動，整棟建築物搖晃了起來，我們跌倒在地。天花板的漆剝落。

粕谷瞪大了眼睛。

「克羅德這傢伙……」

「開始轟炸了，他想破壞總部，銷毀帶不走的居民資料。」

老爸小聲說道。又是一聲轟隆巨響，伴隨而來的衝擊力把正想站起來的我撞到鐵門上。

「糟了，阿隆！」

「怎麼辦？騎兵隊不會來嗎？」

「很不巧，他們已經下班了。」

「克羅德！……克羅德……！」

粕谷大叫著衝向樓梯方向，他應該是想阻止重要資料和電腦被破壞。

「泉美？妳知道港口在哪裡嗎？」

老爸問著呆望粕谷遠去的泉美。

「在總部南方兩公里遠的地方。」

「好，妳跟我們一起來。」

泉美凝視著我和老爸，微微搖頭。

「我不能丟下我爸……」

「克羅德不在這裡，他打算把總部和我們一起炸毀。」

「但是……」

「泉美！跟我們走！」

「對不起！」

泉美叫著衝向樓梯方向。

「泉美！」

一剎那，在我背後爆炸形成的氣旋宛如一隻巨手把我推倒在地。

電梯門被炸飛，火焰從電梯裡噴出來。

「快走！彈藥庫可能已經著火了。」

額頭受傷的老爸大吼著把我拉起來。

我和老爸跑向地下停車場，樓梯前方的天花板被炸開了，露出巨大的梁柱。

停車場裡停著我們剛才坐的勞斯萊斯和越野車。我想起被關在其他「牢房」裡的人，如果他們還在總部，下場不是被燒死，就是被坍塌的房子壓死。

「老爸！還有人被關在裡面！」

「什麼？」

「朗格雷、佩特羅伐，還有『將軍』他們！」

老爸正在尋找是否有鑰匙沒拔下的車，聽了我這麼說，他一臉驚訝地看著我。

「如果不把他們救出來，他們死定了。」

「媽的！」

老爸罵了一句。

「阿隆，你在這裡找找看有沒有車子開得走，我去救那些被關在『牢房』裡的人。」

「收到！」

老爸轉身跑回總部，我開始找車。

爆炸暫時平息，到處瀰漫著焦味。

房子已經起火了，警鈴大作。

每輛越野車都沒留下鑰匙，車門也鎖上了。

「媽的！」

我朝一輛越野車踢踹，勞斯萊斯就停在那輛車旁，我從駕駛座的車窗張望。

有了！找到了！

車上還插著鑰匙。

我打開車門，接下來只要等老爸回來就好了。

焦味越來越濃烈，空氣中瀰漫著淡淡的煙霧。

我雙眼發疼。不知道是燃燒什麼東西的煙霧，讓我淚流不止、喉嚨刺痛。

我坐上勞斯萊斯的駕駛座，注視著停車場出入口，做好隨時發車的準備。煙霧是從那裡飄過來的。

老爸，動作太慢了，快點回來吧。

我咬著嘴唇，對於拜託老爸回去那個危險地方感到自責。

這時，出入口的煙霧中出現一條模糊的人影。

「老爸！」

我大叫。

那條人影越來越大、越來越清晰。我倒吸了一口氣。

一邊咳嗽一邊走來的是握著手槍的上校。

「小鬼，滾開！」

上校瞪著一雙通紅的眼對我吼道。

「我爸呢？」

「我怎麼知道!?牢門自動開了，我就出來了。」

一定是老爸找到了開關，把所有牢房的門都打開了。

「『將軍』呢？」

「那個老傢伙已經沒用了。你再不滾開，當心我一槍斃了你。」

上校拿著槍瞄準我，我只好乖乖離開駕駛座下車，然後他坐上了駕駛座。

「再會了，小鬼。」

說著，他發動引擎。勞斯萊斯緩緩倒車，轉向停車場出口方向。

我只能目送車子遠去。

車子駛上停車場的坡道。

一聲槍響在停車場內迴響著。勞斯萊斯猛然停了下來，按響了喇叭。

我回頭一看，「將軍」在老爸和朗格雷的攙扶下站在出入口。「將軍」把右手的槍交給老爸。

「混帳……」

他嘀咕了一句，用力咳了起來。

我看到這一幕，立刻衝向勞斯萊斯，車窗有一個彈孔，滿臉是血的上校趴在方向盤上。我一打開車門，上校的屍體就滾了出來。

我坐上駕駛座，將勞斯萊斯倒車，方向盤上都是鮮血，我差點吐出來，還是忍住了。

老爸、「將軍」、朗格雷和佩特羅伐老太太上了車。

「泉美和粕谷呢？」

我看著照後鏡問道，老爸等人的臉孔都被熏黑了。

「不知道，二樓也起火了。」

老爸喘著粗氣說道。

這時，剩下的保安部隊員和職員紛紛衝到停車場出入口。

如果不趕快離開，或許又會出現像上校那樣想搶車的人。我用力踩下油門。

勞斯萊斯呼嘯著衝上了停車場的坡道。

前門的核子潛水艦，校門口的吻

不思議國度的打工偵探

勞斯萊斯一駛離「總部」，狂風和滂沱大雨向車子襲來，雨刷根本發揮不了作用。

此外，行車期間，車身始終保持平穩。不愧是勞斯萊斯。

車子在這座鬼城穿梭，坐在後座的朗格雷為我指引方向。

冒著黑煙和熊熊火焰的「總部」在照後鏡中漸漸遠去。火焰在強風吹動下，迅速吞噬了建築物二樓。

不知泉美和粕谷的情況如何——我想到這裡，看了副駕駛座上的老爸一眼。

老爸察覺我的視線，回望著我。

我還沒有說出想法，老爸就說：

「阿隆，別想那麼多，快開車。」

我點點頭，將視線移回前方，唇上仍殘留著泉美嘴唇的觸感。

勞斯萊斯繞過機場跑道，駛向港口方向。

機場內沒有人，停機庫的鐵門也拉下了。天氣這麼惡劣，直升機和小飛機都無法起飛。

「穿過這個樹林就是港口了。」

身後的朗格雷說道。

跑道旁的圍籬後方，有一條通往樹林的路。一駛入那條路，我用力踩下油門。

勞斯萊斯立刻發出沉重的呼嘯聲，加快了速度。

「這座城市完蛋了……」

「將軍」小聲嘀咕道。

「『將軍』，這個地方本來就不存在。」

佩特羅伐老太太低聲說道。

朗格雷重重地嘆了一口氣。

「我又要跟妳一起流亡了……」

「只要能和你在一起，我就安心了。」

太催人淚下了。的確，這個城市或許並非一無可取，但希望過得平靜與傳授殺人技巧是兩回事。即使自己能夠過得平靜，如果教出來的學生剝奪了他人的平靜生活，絕對不可能獲得幸福的。

「阿隆，減速。」

樹林近在眼前，老爸說道。

「你要幹嘛？」

「阻止克羅德，我不能袖手旁觀。」

「但克羅德有很多全副武裝的手下。」

「我不能讓他們得逞。」

「為什麼？」

「因為我的哲學不允許。」

哲學。我從來不知道老爸有這種東西。

但老爸的表情很認真。

朗格雷說的沒錯，穿越樹林的路即將抵達盡頭，眼前出現了通往山崖的下坡道。下方是海灣，形成一個天然海港。

水泥防波堤在岩塊之間連結，朝大海方向延伸，形成一字形。防波堤右側綁著幾艘快艇，快艇隨著海浪劇烈搖擺，沒看到有人上下船。

在防波堤前方的沙灘上，有一小塊區域鋪了水泥，幾輛車停在那裡，還有不少人聚集。

波濤洶湧，港灣附近的海浪冒著白泡。

巨浪打在岩灣上，濺起白沫衝向天際。

「怎麼逃出去？」

我把勞斯萊斯停在下坡道前方，剛好位於那群人的上方，不必擔心被發現。

「快看海面上。」

老爸說道。

我睜大了眼。在距離海灣數百公尺遠的海面上有一艘大型貨輪，還有一艘六人座快艇載滿了貨物和人，如箭矢般在海浪中駛向貨輪。

「他們用快艇從防波堤把人送到貨輪上，風浪太大，貨輪無法靠岸。」

「我有預感會暈船。」

「總比死在這裡好。」

「大家都急著逃走嗎？」

「居民應該發現已經被粕谷出賣了，如果要他們選擇留在這裡還是追隨克羅德，他們應該會選擇後者吧。」

「不能走陸路逃走嗎？」

「回到正常世界以後呢？日本從沒有允許他們入境，他們只能等著被遣返。」

「也對，這兒都是些不能回到自己祖國的人。」

快艇好不容易抵達貨輪，接上舷梯，快艇的乘客冒著生命危險在狂風巨浪中，攀爬著晃動不已的梯子。

「怎麼辦？」

老爸該不會打算上那艘貨輪找克羅德對決吧。自稱是超級萬能打工偵探的阿隆，也不想在海上與別人發生槍戰。

「克羅德一定是最後一個上船的，我會等到那一刻。」

「如果制服了他，那艘船會怎麼樣？」

「變成漂泊的荷蘭人嘍。」

老爸低聲說道。

「如果他們成功脫逃呢？」

「你用這個吧。」

「將軍」說著，從後座置物袋拿出一樣東西。

那是一具軍用望遠鏡。

「粕谷總是把望遠鏡放在這裡。」

老爸默默接了過來，打開勞斯萊斯的車門。坐在鋼板厚實的車內還沒感覺，車門一打開，咆哮的海浪和狂風立刻灌了進來。

老爸很快就被大雨淋溼，但他還是舉起望遠鏡。

「八成的人已經上船了，再兩趟就能把所有居民通通送上船。」

「要等到那個時候嗎？」

「不，我從山崖走下去。」

「有幾名士兵？」

「除了克羅德，總共有四個人，應該會依序上船。」

「你不插手，他們也很難逃走，不如靜觀其變？」

我如此建議道，但老爸搖搖頭。

「不，我要去阻止克羅德，你留在這裡。」

「你叫我留在這裡——」

我還沒說完，老爸就轉身離開了。

他避開視野良好的下坡道，沿著山崖以雙手摸索著往下走。

我嘆了口氣。老爸已經受傷了，我怎能袖手旁觀。

我朝後座的三個人說：「我也去，你們自己看著辦吧！」

我四肢並用爬下山崖追老爸。勞斯萊斯衝了出去。

狂風暴雨幾乎把我吹落，雨滴像小石子般打在我的臉頰和額頭上，痛得要命。

我張開眼睛，強勁的風雨讓人呼吸困難。由於靠近海面，雨勢風勢更強了。

老爸好像一隻壁虎，在溼滑的岩壁上緩緩移動，尋找攀爬處。

我跟著他往下爬，指尖抓落了碎石。老爸終於發現我，他抬起頭叫道：

「笨蛋！你跟來幹嘛？」

「我的哲學是陪著你。」

老爸的嘴唇被風吹掀，露出了一口白牙。他搞不好笑了。

山崖相當於三層樓高，約有十公尺。

我和老爸避開克羅德等人的視線，沿著突出的岩石後方往下爬。

幸好海浪聲很大，山下的人應該察覺不到我們。而且，克羅德一行人的注意力都集中在海面上，護衛兵雖不時回頭，也只留意下坡車道。

我和老爸在途中打滑了好幾次，險些掉下去，好不容易爬到山崖上突出的大岩石後方。

岩石的另一側停著幾輛車，克羅德和其他人站在車子後面。

「『將軍』他們人呢？」

老爸背部緊貼著岩石，竊聲問我。

「不知道，我叫他們自己看著辦。」

老爸搖搖頭。

「真不負責任。」

「到底是誰不負責任，某人的哲學是丟下兒子不管……」

「算了，我們走吧。」

老爸從腰際拔出槍，朝岩石的另一側張望。

防波堤的位置正好在我躲藏的岩石正前方，兩名護衛兵正協助居民坐上快艇。

機會來了。

老爸從岩石後方露出上半身，舉起手槍。

海灣響起兩聲槍響。

站在克羅德兩側的兩名士兵按著右肩掙扎。

克羅德一臉愕然地看向這裡。

老爸跳上岩石。

「克羅德……」

「冴木！」

「我不能讓你走。」

防波堤上聽到槍聲的士兵紛紛蹲跪舉起步槍。

此時，一個巨浪打向防波堤，正好打中那幾名士兵。

「老爸，危險！」

其中一人被捲進海裡，另一人丟下槍，抓住綁船的繩子。

被捲進海裡的士兵在白色海浪中翻騰了一下，隨即不見蹤影。

「你居然逃得出來。」

克羅德注視著老爸說道。

「只是走運，我的運氣向來不壞。」

老爸垂下舉槍的右手答道。聽到這番話，我想起第一次見到粕谷時，他在「麻呂宇」說的話。

——好運往往屬於優秀的人。

「非阻止我不可嗎？」

「我一定要阻止你。如果亞裔法國人還活著，也會這麼做。」

「他是我爸！」

克羅德叫道。

「我要超越我爸，我不會像他那樣多愁善感！」

克羅德從蹲在地上的士兵手中搶下M16。

老爸縱身一躍。全自動步槍連續發出乾澀的槍響，岩石碎片四散。

「住手！我不想對你開槍！」

老爸緊貼著山崖的岩縫叫道。

「冴木，看來你也很多愁善感，但我不是！」

克羅德說完，再度以M16掃射，打中了老爸藏身的岩石。岩石碎片不知擊中了老爸身上的哪個部位，但他咬緊牙關。

「我知道早晚會與你對決，因為你是我爸最疼的人，他疼你勝過我……」

他把子彈打盡的M16一丟，撿起了另一名士兵的黑克勒·科赫。

達達達達的槍聲響起，被子彈打中的岩石碎片四散。

我也躲進岩石後方。如果現在走出去，一定會被打成蜂窩。

此時，傳來轟隆隆的引擎聲。我回頭一看，勞斯萊斯正以驚人的速度衝下坡道。

我看不清楚開車的人是誰。

克羅德轉頭對著勞斯萊斯開槍。

黑克勒·科赫衝鋒槍冒出火花，勞斯萊斯的擋風玻璃被打得粉碎。

勞斯萊斯剎了車，在溼透的水泥地上打滑。

車子衝向載著居民的那一排車子。

隨著轟隆一聲，冒出一團火，但勞斯萊斯並未熄火，引擎再度發出呻吟，車子轉身，從一堆被撞爛的廢鐵中倒車出來。

克羅德再度舉起衝鋒槍掃射，勞斯萊斯被打得遍體鱗傷，但依舊未減速。

克羅德臉上第一次露出了恐懼。他在沙灘上奔跑，勞斯萊斯緊追在後。

火焰引燃了那一排車子，接二連三地傳來爆炸聲響。

「阿隆，快跑！」

老爸大叫道。

火勢已延燒到我躲藏的岩石前面。

我踉蹌地在沙地上奔跑。

隨著一陣撼動腹部的聲響，一股熱浪撲襲我的背部。

我倒地，臉埋進沙礫中。

當我終於起身，拍掉手中和臉上的沙子時，我看到克羅德背對著山崖，已經無路可退了。

勞斯萊斯緩緩前進，把克羅德的下半身擠向山崖。

克羅德大叫。

但勞斯萊斯並沒有停下來，克羅德的身體被扭曲的車體和保險桿擠到岩壁上。

克羅德瞪大了眼，車子發出刺耳的嘰咯聲。

他以雙手用力拍打勞斯萊斯的引擎蓋。

「不！停車！停車！」

勞斯萊斯沒有停車，克羅德終於安靜了下來。

克羅德的上半身軟趴趴地倒向引擎蓋。眼前的景象令人反胃。

勞斯萊斯的車門打開。

一個頭髮凌亂、衣衫不整、渾身是血的男人跌跌撞撞地下了車。

是粕谷，只有他一人。

粕谷大口喘氣，舉起沾滿血污的手指指向克羅德。

「活、該……」

他抖動肩膀喘著氣說道。

「粕谷，你這傢伙！」

老爸叫道。

「開槍！開槍打我啊！」

粕谷站穩腳步，雙手扠著腰。

「冴木，開槍啊！怎麼了？子彈打完了嗎？」

粕谷手無寸鐵。

老爸咬著嘴唇，舉起手槍。

「老爸，不要！他手無寸鐵。」

我叫道。

「可是，阿隆……」

「住手！」

「媽的！」

老爸咒罵了一聲，慢慢地放下槍。

我鬆了一口氣。

「哼！」

粕谷看到這一幕，露出冷笑，在沙灘上緩步而行。

他走向一艘綁在防波堤上的快艇。

「粕谷，你想幹嘛！」

老爸大聲叫道。

「不知道……，我來接收克羅德的貨輪吧，船長應該知道目的地。」

「別異想天開了，你不是已經斷了這艘船的後路嗎？」

「不試試怎麼知道？」

粕谷站在防波堤上，一腳跨上快艇，露出了微笑。

這時，海上那艘貨輪後方的水面鼓了起來。

「喔——」

老爸和我同時叫了出聲。

一個巨大的黑色物體撕開洶湧的海面浮了起來。

「老爸……」

粕谷回頭一看，臉上的笑容僵住了。

「**核子潛水艦**……」

一艘體積不亞於貨輪的核子動力潛水艦浮出海面。

「一定是收到你的密告信號，雖然不知道是哪個陣營派來的，但顯然想要搶先抓到獵物！」

老爸表情痛苦地忿忿說道。

粕谷睜大了眼看著海面。

核子潛水艦像隻巨大的黑色怪獸頂著浪濤，緩緩靠近貨輪。

「我絕對不會把居民交給他們！到底是哪個陣營派來的！我要跟艦長談！」

粕谷大叫，歇斯底里地對快艇上的乘客怒吼。

「下去！快下去！」

乘客是一對年邁的亞裔夫妻和一名看起來像船主的白人。那個白人起身正想抗議，粕谷右手上的東西突然一閃。

白人的頸部頓時噴出鮮血。那一定是他在「總部」時抵住我喉嚨的剃刀。

防波堤上的士兵上前抓住粕谷，勒住他喉嚨，他則一把拽住對方的手臂，將人甩進海裡。

很難想像粕谷怎麼還有這麼好的體力。

被海浪吞噬的士兵撞到了防波堤塊，沉入海中。

幾名乘客相互攙扶著走向防波堤，粕谷跳上像樹葉般漂蕩不已的快艇。

快艇後方放著行李箱，應該是那對夫妻的行李。粕谷把行李踢進海裡，鬆開繩子，發動快艇的引擎。

粕谷掌舵，回頭看著我們。

「後會有期，冴木！」

他露齒而笑。

「泉美呢？」

「不知道。反正再生就有了，下次要生個兒子！」

怎麼會有這種人——我倒吸了一口氣。

但我還來不及說，快艇便掉頭衝向海浪，筆直前進。

「他真的打算去談判嗎？」

「因為是粕谷，他或許辦得到。」

老爸的聲音略微嘶啞。

快艇在海面上乘浪起伏，筆直駛向**核子潛水艦**。

核子潛水艦的艙門打開，裡面推出了一艘橡皮艇，似乎打算派人攻上貨輪。

「早知道就殺了他！」

我呆然地望著粕谷的背影說道。

「……不，開槍打手無寸鐵的傢伙還是不妥。」

老爸搖搖頭，低頭看著手上的槍。

然後，轉頭看向被夾擠在勞斯萊斯與崖壁之間的克羅德。他一動也不動。

「他死了嗎？」

「應該吧……」

我把目光從克羅德身上移開，再度看向快艇。

「老爸！」

快艇離貨輪只剩下不到一百公尺，突然間，前方的海面又鼓了起來。

快艇閃避不及，衝向鼓起的水面。

由於速度太快，船頭衝了上去，頓時懸在半空中，船身在空中好似翻跟斗般不停打轉，再摔回海浪中。船身頓時散了架，原本那艘好模好樣的快艇如今看起來簡直像是以火柴拼搭起來充數似的。

粕谷霎時沉入大海。下一剎那，那個位置噴出巨大的水泡。

「來了……」

老爸嘀咕道。

另一艘**核子潛水艦**在貨輪的另一側浮出海面，體積比先前那一艘還要龐大。

「是洛杉磯號……」

有人說了這句話，我猛然回頭。佩特羅伐老太太和朗格雷就站在我們身後。

「粕谷沒對你們怎麼樣吧？」

「粕谷騎腳踏車趕來這裡，用剃刀威脅我們，搶走了車子……」

「『將軍』呢？」

老爸回頭問道。

「他拒絕下車。」

朗格雷聳聳肩。

「你知道哪一艘是哪一個國家的嗎？」

老爸問道。

「後來浮上來的洛杉磯號是美方的，另一艘十一月號是俄方的。」

如今，兩艘潛水艦停在貨輪兩側。

「雙方應該都是在海軍情報部接收到粕谷發出的超短波訊號後才派出潛水艦的。」

朗格雷說道。

「太可怕了，會不會爆發第三次世界大戰？」

「不清楚……。如果雙方僵持不下，情況會很棘手。」

貨輪上載著好幾名兩國陣營的叛徒和重要情報來源。

雙方不可能輕易退讓。

「會不會用魚雷攻擊？」

「海上的風浪這麼大，不太可能。」

不愧是專家，朗格雷冷靜地說道。

我們四人不發一語地注視著海面，根本不在意狂風暴雨。

兩艘**核子潛水艦**和貨輪均按兵不動，時間一分一秒地過去。

突然間，一陣警笛鳴響蓋過了風浪聲，從遠方的海灣傳來。

「真是姍姍來遲……」

老爸小聲說道。我踮起腳尖探看。

乘風破浪的船影正是海上自衛隊和懸掛著太陽旗的保安廳護衛艦和巡邏船。

「日本也收到訊息了……」

日本政府派出的灰色船隻共四艘，分頭包圍了潛水艦和貨輪。

「警告——警告——，本海域屬於日本領海，貴船已侵犯本海域，請立刻離開——」

最前方的海上保安廳巡邏船分別以日語、英語和俄語廣播。

「如不離開，我方將採取強制手段——」

「真的假的？」

「不可能吧，不過，事到如今，他們也沒辦法行動了。」

老爸話聲未落。

最先抵達的那艘**核子潛水艦**把正在充氣的橡皮艇收回，船員也退回船艙內，艙門關了起來。

十一月號潛水艦決定離開，船身周遭泛起無數水泡。

巨大的黑色怪獸緩緩地沉入海中。

另一艘**核子潛水艦**隨後也沉入海中。

兩艘**核子潛水艦**宛如放棄獵物的野獸般很不甘願地消失了。

核子潛水艦潛航後，留下巨大的漩渦，彷彿不願離開似地進行最後抵抗。

水面恢復平靜後，三艘日本船駛近貨輪。

另一艘剛才以廣播發出「警告」的巡邏船朝防波堤方向駛來。

巡邏船停靠在防波堤旁，立刻放下舷梯。

一名身穿制服的海上保安官走下舷梯，接著走下來的是一名西裝男子。

那個男人對著站在防波堤盡頭不知所措的老夫妻說了幾句話。

然後朝向我們走來。

是島津先生。

我突然發現雨停了，風也變小了。

抬頭仰望，雲端露出了藍天。

尾聲

不思議國度的打工偵探

回到東京已經一個星期。阿隆的留級已成定局，我只能藉著睡大頭覺度過鬱悶的日子。

日本政府並沒有公布貨輪上那些人的後續情況，新聞甚至未報導有town這個城市的存在。

我向老爸打聽，老爸說：

「很像國家公權力的作風。」

至於在town喪生和受傷的人，報上只是簡單報導「颱風直撲度假勝地，引發火災」。

克羅德送醫不治，粕谷的屍體最終還是沒找到。

警方在「總部」燒毀的遺跡中，也沒找到泉美的屍體。

明知去學校也無濟於事，但為了享受「平靜」的學生生活，阿隆我結束一個星期的調養後，第八天去學校報到了。

我無故曠課，父子倆都杳無音訊，被班導冷嘲熱諷了老半天，但我還是忍辱負重地上完一整天的課，準備放學。

當我走出都立K高中的校門時，正考慮要去打麻將，還是打小鋼珠，或者把妹。

校門口停了一輛計程車。

我經過計程車旁，正要走向地鐵車站時——

計程車的車門打開，有人在我背後下車。

「哥——」

那聲音，讓我不由得愣住。

然後，我轉身。

泉美站在那裡，一臉快哭出來似地對我笑著。

她穿著牛仔褲和無袖背心，罩了件外套，一身普通女孩的打扮。

「——泉、美……」

泉美撲進我懷裡，我旁邊的同學紛紛鬼叫了起來。

「哇，哇……」

「真敢啊……」

但我很快就聽不到他們的說話聲了。

我用力摟著泉美的肩，抬起她可愛的臉蛋。

泉美哭得抽抽噎噎，帶著鼻音問：

「還記得……我們的約定嗎？」

我微笑而不語，但我以立K高中創校以來的壯舉代替了回答。

我在校門口吻了她！

——（全文完）

解說

諜報界的虛實真假宛如楚門的世界／蕭浩生

冴木隆被車撞昏後醒來，卻發現自己身在陌生的房間裡，身邊還多了素不相識的媽媽和妹妹，他能逃離這個封閉世界並找出真相嗎？

《不思議國度的打工偵探》是「打工偵探」系列的第四部作品，也是第二部長篇。本篇承襲前作《女王陛下的打工偵探》，同樣在異地大顯身手，不過牽扯到的陰謀規模卻變得更龐大，範圍可說擴及全世界。這次單獨身陷敵營的阿隆，必須在沒有父親協助的情況下，憑一己之力摸清楚周圍狀況，並且面對龐大組織的威脅，而他的抗壓性和適應性也顯著成長，十八歲的他雖然因此無法應屆畢業念大學，得繼續留級再念高三，但是在「跑單幫」的圈子裡卻已是能獨當一面的特務了。

在諜報界方面，間諜、情報員和特務等名詞雖然經常混用，但還是可以勉強下定義加以區別。「間諜」多指蒐集敵方情報的人，如果洩露己方情報給敵方，便成為雙面間諜；而「情報員」則是蒐集各方情報並加以分析的人，再回報上級，由領導階層做出判斷；「特務」是專門從事特殊任務的工作人員，不但要會收集情報並且當機立斷，更要有當場執行任務的能力，電影「〇〇七」系列的詹姆斯・龐德、《神鬼認證》的傑森・鮑恩便屬於此類。很明顯地，「特務」的任務範圍最廣，對身心的要求最多，相對地教育訓練也最困難，即使出任務也可能很快就報銷，如果真的有像本書說的那種「生存率將近百分之九十」的成績，這所學校的畢業生應該有一堆人搶著要吧！

特務執行的暗殺、破壞等活動雖然能造成一時的轟動，但真正影響世界歷史的諜報人員，反而是那些名不見經傳、隱身在幕後的無名小卒。不過有些時候，這些人卻會因為某種原因而聲名大噪。號稱二次大戰甚至二十世紀成果最輝煌的諜報任務，主角的名字和身分便是在戰後才曝光的。

理查・佐爾格（Richard Sorge）一八九五年出生於亞塞拜然，第一次世界大戰時以德裔身分加入德軍參戰，戰後在漢堡大學取得政治學博士學位。外形英俊高大的他在一九二五年被共產黨第三國際吸收，以新聞記者身分做掩護，先後在英國、蘇聯及北歐國家活動，並於一九三〇年被派到中國上海，任務是在當地建立間諜網，將當時中國的情況回報給蘇聯，就在那時，他認識了日本《朝日新聞》的特派員尾崎秀實。尾崎生於一九〇一年，不滿週歲便因父親工作的緣故而前往台灣，直到十八歲才返回日本就讀東京帝大政治科，他的父親曾在《台灣日日新報》擔任漢文版面主編，他也對中國的事務十分關心，尤其是中國革命問題。

尾崎從一九二八年起，以報紙特派員的身分派駐上海四年，期間研究馬克斯主義和左翼文學，並曾將魯迅的《阿Q正傳》翻譯成日文。佐爾格在一九三三年奉莫斯科指示前往日本籌建諜報網，以便收集日本和德國的情報，他為了取信雙方甚至加入納粹，偶爾把無關緊要的情報透露給德國，並擔任德國報紙的駐日特派員，還設法成為德國駐日大使的政治顧問，也和日本當局維持密切關係。翌年他勸說思想左傾的尾崎加入情報網，由於尾崎和近衛文麿內閣的關係極佳，而且是高層早餐聚會的決策成員，因此能取得第一手的情報，這個情報網在兩年後的一九三六年開始運作，隨著日本入侵中國和德國入侵波蘭，他們提供的情報越來越重要。

一九四一年五月，他們向克里姆林宮報告，希特勒計畫直取莫斯科，將在當年六月二十日揮師東進（實際上則晚了兩天），但是史達林卻不願相信情資而招致大敗。三個月後，他們再次提出警告，表示日本將向東南亞和太平洋方面進軍，這次史達林總算相信了，祕密和日本簽訂日蘇互不侵犯條約，以便把遠東的兵力調回歐俄前線，使德軍的攻勢被阻擋在莫斯科城外，進而改變了歐洲戰場的局勢。而在日本偷襲珍珠港之前兩個月，他們已經將作戰計畫透露給蘇聯知道，更確定日本大本營的作戰目標是在亞太地區的英美盟軍，他們甚至參與制定日本的外交政策，也影響了亞洲戰場的走向。

當然，最後日本也察覺情報外洩，日本情治單位「特高」利用佐爾格風流好色的習性，派出具有貴族氣息的美女假扮成夜總會歌手接近他，在掌握充分證據後，於一九四一年十月將兩人逮捕，並在一九四四年將他們絞死。正如本書所說的，大多數間諜往往不得善終，也難怪能安享晚年的退休密境「town」會吸引那麼多諜報人員入住。不過，相較於其他名字被遺忘的間諜，尾崎在戰後被左翼組織當成反法西斯英雄，他在獄中所寫的日記和書信也因此不斷重印，而佐爾格（雖然晚了點）也在一九六四年被蘇聯尊為戰爭英雄，兩人的事蹟也算是少數的特例。

尾崎和佐爾格算是為了共產革命的理想而當間諜，至於本篇提到的兩種間諜：基於愛國心和為了金錢，後者優秀是因為他們不相信任何人，而前者常會因為相信自己的伙伴而遭人背叛喪命，CIA史上最大的內賊醜聞主角阿德里奇・哈森・艾姆斯（Aldrich Hazen Ames）可說是後者的代表人物。一九四一年出生的他，在一九八一年派駐到墨西哥時認識了新女友，後來他調回美國後便與其結婚，婚後的開銷讓他需要更多薪水以外的資金，於是在一九八四年，他為了錢的問題主動和KGB接觸，表示願意提供自己手邊的情報以換取高額酬勞。當時他的職位是CIA總部的「東歐防諜局長」，由於掌握了蘇聯和東歐各國境內的西方情報員資料，因此蘇聯便接受他的提議，他也立刻洩露了十個情報提供者的「極機密」名單，使得這些人被捕後幾乎都被判了死刑，也讓西方盟國和CIA的諜報活動受到重創。

艾姆斯移交情報的方式很特別，他將機密文件裝進塑膠袋裡拿出家門，放進某個事前約定好的郵筒後，監視他的KGB間諜再伺機取出，在看似平常的過程中，出賣了無數同胞，而這個郵筒目前仍陳列在二〇〇二年開幕的華盛頓「國際間諜博物館」裡。據說KGB給他的報酬前後高達兩百萬美元，另外還在莫斯科銀行替他存了兩百萬美元，如果這一切都屬實，他可說是冷戰時期收入最高的間諜了。利用這筆龐大的收入，他買了豪宅和名車，更因酗酒而導致酒精中毒，這些行為當然引起了CIA內部的懷疑，但是在不甚嚴密的內部調查後，他的確很可疑，卻找不到決定性的證據，自然也就無法逮捕他，直到一九九四年，CIA願意和FBI聯手展開調查後，才在他家裡搜出關鍵證據，將他繩之以法，艾姆斯因間諜罪被判處無期徒刑，不但得終身監禁，而且不得假釋，目前仍在聯邦監獄服刑中。

在他被捕前的十年間，他陸續向KGB提供了上千件的情報，使得西方陣營的諜報人員損失慘重，幾百萬元的酬勞對他個人而言也許很多，但和各國在訓練與薪資等方面付出的成本相比，實在微不足道。蘇聯付出的代價很小，但得到的回饋卻很大，即使蘇聯最後從內部解體，但是從這方面來看，也很難說是「戰敗」。一九一七年俄國革命後，蘇聯經濟陷入困境，列寧常到各地演講鼓舞民心士氣，有一次他對工人說：「同志們，即使形勢不利，但我們只要把繩子拋給資本家，他們自己就會套住脖子上吊。」一名工人反問：「可是，同志，我們要從哪弄來那麼多的繩子去吊死所有的資本家啊？」列寧答道：「你放心，他們會賣給我們的！」從艾姆斯的例子看來，這句話的確有幾分真實性。

本書初版發行的一九八九年，日本雖是七大工業國G7中唯一的亞洲國家，除了跨國企業的員工和外國留學生，移居日本的外國人並不多，一方面是因為日本的物價高、不易生活，一方面也是因為日本缺乏明確的移民政策，對國外移入者的管制很嚴格，再加上島國人民對外來者本能性的警戒心理，都讓外國移民人數維持在低點，反而是日本人生育率降低後才比較開放。本書也提到，在日本鄉下，金髮碧眼的外國人很少見，所以很容易辨認外來入侵者。town裡使用的武器包括美國的突擊步槍、義大利的貝雷塔手槍還有西德HK的衝鋒槍，都是西方陣營的經典名槍。有趣的是，教育生訓練用的M92F和MP5S雖然是優秀的個人防衛武器（PDW），但是和保安部人員所用的步槍相比，在射程、火力和殺傷力上都有明顯差距，可見粕谷不但提防外人，連自己的學生都不信任，正符合他「優秀的間諜不相信任何人」的理念。

本書前半段有不少高級流行時尚的產物出現，例如科羅納雪茄、沛綠雅礦泉水、瑟路提西裝、川久保玲、法拉利、保時捷、捷豹……。一整串看下來好像在參觀名牌展示會。後半段則出現許多大眾通俗文化象徵，例如泉美房間海報上的瑞凡·菲尼克斯，生於一九七〇年的他是當時新生代的歌手和演員，卻在一九九三年因為吸毒過量而死亡，英年早逝的悲劇也讓他成為好萊塢另類的傳奇人物。還有粕谷提到「連續殺人魔」時，阿隆俏皮地反問是《十三號星期五》裡的砍人狂「傑森」還是《半夜鬼上床》系列的鬼王「佛萊迪」，都是一般人耳熟能詳的角色，可是長期待在諜報圈的粕谷，卻不知道他在說什麼，反而更加凸顯那個世界的封閉性。

繼前作的萊伊爾公主後，本篇又出現新角色泉美，而第一集就登場的麻美姊則只在前面短暫出現，這頗類似「〇〇七」系列電影，每集都會有新的龐德女郎出現，雖然到了後半段阿隆和《皇家夜總會》裡的龐德一樣遭到背叛，但是這種體驗對阿隆來說，也算是一種「轉大人」的過程吧，不過，既然粕谷是他父親同父異母的哥哥，那麼泉美就可以算是他的堂妹，即使彼此沒有血緣關係，但某些親密行為還是讓人嗅到些一點近親相姦的味道，如果說前作的公主代表的是「單純之愛」，那麼本集中泉美所代表的就是「禁忌之愛」了。

此外，冴木涼介謎樣的過往，也在本篇中得到更進一步的說明，阿隆對於和自己沒有血緣關係的父親，雖然嘴巴上說討厭其實很喜歡，這種認識，與其說是兒子對父親的了解，不如說是男性伙伴之間精神上的交流，對彼此認識越多，合作起來就越順手。不過，這次阿隆所扮演的角色，不同於以往幫父親做事的「打工」性質，反而更像主動調查而陷入危機的當事人，即使遭遇心儀女生的背叛，依然能夠執行逃亡任務，再加上結局的親吻，都讓人感受到他的灑脫帥氣，也更期待他在下一集的表現。

本文作者簡介
蕭浩生／曾任《挑戰者》月刊編輯，現為自由撰稿者。

國家圖書館出版品預行編目資料

不思議國度的打工偵探／大澤在昌 著／王蘊潔 譯；.--.初版. 一 臺北市；獨步文化：家庭傳媒城邦分公司發行, 2010〔民99〕
面；　公分.（大澤在昌作品集：04）
譯自：不思議の国のアルバイト探偵
ISBN 978-986-6562-59-4

861.57　　99009268

ISBN 978-986-6562-59-4

大澤在昌 作品集04

不思議國度的打工偵探

原著書名／不思議の国のアルバイト探偵
原出版社／講談社
作者／大澤在昌
翻譯／王蘊潔
特約編輯／王珠珠
責任編輯／詹靜欣
版權部／吳玲緯
行銷業務部／林婉君、黃介忠
編輯總監／劉麗真
總經理／陳逸瑛
榮譽社長／詹宏志
發行人／涂玉雲
出版者／獨步文化
城邦文化事業股份有限公司
地址：104台北市中山區民生東路二段141號5樓
電話：(02) 2500-7696
傳真：(02)2500-1967
發行／英屬蓋曼群島商家庭傳媒股份有限公司城邦分公司
地址：104台北市中山區民生東路二段141號2樓
讀者服務專線／(02)2500-7718; 2500-7719
服務時間／週一至週五：09:30～12:00　13:30～17:00
24小時傳真服務／(02)2500-1990; 2500-1991
讀者服務信箱／service@readingclub.com.tw
劃撥帳號／19863813　戶名／書虫股份有限公司
總經銷／大和書報圖書股份有限公司
電話：(02)8990-2588；8990-2568
傳真：(02)2290-1658；2290-1628
香港發行所／城邦（香港）出版集團有限公司
地址：香港灣仔駱克道193號東超商業中心1樓
電話：(852) 2508-6231　傳真：(852) 2578-9337
E-mail／hkcite@biznetvigator.com
馬新發行所／城邦（馬新）出版集團
【Cite (M) Sdn. Bhd. (458372 U)】
地址：11, Jalan 30D/146, Desa Tasik, Sungai Besi,
57000 Kuala Lumpur, Malaysia
電話：(603) 9056 3833　傳真：(603) 9056-2833

封面繪圖／SALLY
美術設計／戴翊庭
印刷／鴻霖印刷傳媒股份有限公司
排版／浩瀚電腦排版股份有限公司
□2010年（民99）09月初版
定價／350元　　Printed in Taiwan

獨步文化
APEX PRESS

廣告回函
北區郵政管理登記證
台北廣字第000791號
郵資已付，免貼郵票

104台北市民生東路二段 141 號 2 樓
英屬蓋曼群島商家庭傳媒股份有限公司
城邦分公司

請沿虛線對摺，謝謝！

獨步文化
APEX PRESS

書號：1UM004	**書名**：不思議國度的打工偵探	**編碼**：

請於此處用膠水黏貼

獨步文化 APEX PRESS

讀者回函卡

謝謝您購買我們出版的書籍！

請費心填寫此回函卡，我們將不定期寄上城邦集團最新的出版訊息。

姓名：________________ 性別：□男 □女

生日：西元________年________月________日

地址：________________

聯絡電話：________________ 傳真：________________

E-mail：________________

學歷：□1.小學 □2.國中 □3.高中 □4.大專 □5.研究所以上

職業：□1.學生 □2.軍公教 □3.服務 □4.金融 □5.製造 □6.資訊

□7.傳播 □8.自由業 □9.農漁牧 □10.家管 □11.退休

□12.其他________________

您從何種方式得知本書消息？

□1.書店 □2.網路 □3.報紙 □4.雜誌 □5.廣播 □6.電視

□7.親友推薦 □8.其他________________

您通常以何種方式購書？

□1.書店 □2.網路 □3.傳真訂購 □4.郵局劃撥 □5.其他

您喜歡閱讀哪些類別的書籍？

□1.財經商業 □2.自然科學 □3.歷史 □4.法律 □5.文學

□6.休閒旅遊 □7.小說 □8.人物傳記 □9.生活、勵志 □10.其他

對我們的建議：________________

____

____

____

____

請於此處用膠水黏貼